METRISCHE TAKTLOSIG-KEITEN

EINE EINFÜHRUNG INS POLITISCHE KORREKTUM

BITTE BEACHTEN SIE FOLGENDEN HINWEIS:

— Dieses Buch darf zu Bühnenzwecken, Vorlesungen und sonstigen Aufführungen nur benutzt werden, wenn vorher das Aufführungsrecht einschließlich des Materials rechtmäßig von uns erworben wurde.

SCHULTZ & SCHIRM Bühnenverlag GmbH
Spengergasse 37
1050 Wien – Österreich
office@schultzundschirm.com
www.schultzundschirm.com

Fassung vom 31. Jänner 2017
2., korrigierte Auflage 2017
ISBN 978-3-9503907-6-6

Erschienen bei
SCHULTZ & SCHIRM Bühnenverlag GmbH • 2017

Donau Forum Druck, Wien
Gedruckt auf ökologischem Papier, Munken Lynx und Munken White, nach der Richtlinie des Österreichischen Umweltzeichens.
Cover und Gestaltung Gottfried Moritz
Layout www.moschdesign.com

METRISCHE TAKTLOSIGKEITEN

EINE EINFÜHRUNG INS POLITISCHE KORREKTUM

Bühnendichtung von
LISA ECKHART

INHALT

HOCHVEREHRTE LESERIN, ALLERLIEBSTER LESER!

– Da muss Ihnen wohl ein Irrtum passiert sein: Sie halten einen abgedruckten Theatertext in der Hand. Man hat uns ja von einigen Seiten abgeraten, kleine Büchlein herauszugeben, in denen schwarz auf weiß und knochentrocken das steht, was saftig und bunt auf einer Bühne zu passieren hat. Solche Heftchen, sagten uns manche, verkaufen sich gar nicht. Wer, um alles in der Welt, liest ein Theaterstück? Kein einziges Theaterstück ist jemals ein Bestseller geworden (wenn man von Gesamtausgaben lang verstorbener Autorinnen und Autoren in großbürgerlichen Wohnzimmern absieht).

– Aber lassen Sie mich kurz eine kleine Geschichte erzählen. Vor ungefähr 28 Jahren saß ein junger Mann in London am Fitzroy Square auf einer Parkbank und schlug voll Ungeduld sein soeben im Samuel French Bookshop erworbenes Exemplar von „A Funny Thing Happend on The Way to The Forum" auf und las, aufgeregt und angespannt, als ob er tatsächlich in der Vorstellung säße, die ersten Zeilen:

(Prologus enters through traveler, salutes audience, adresses them.) Prologus: Playgoers, I bid you welcome.
The Theatre is a temple, and we are here to worship the gods
of comedy and tragedy. Tonight we are pleased
to announce a comedy.
We shall employ every device we know
in our desire to divert you.

– Und der junge Mann würde von Fröhlichkeit und Wohlbehagen durchdrungen, denn er hatte zum ersten Mal das Textbuch einer Broadwayshow in der Hand. Es war ein magischer Moment, so wie damals, als dieser junge Mann mit 15 Jahren das erste Theaterstück von Johann Nestroy gelesen hatte. Dieser junge Mann war ich. Und damals schon keimte in mir der Wunsch, so wie in England und den USA üblich,

Textbücher von aktuellen Stücken herauszugeben. Es musste fast 30 Jahre dauern, bis Helen Zellweger, Georg Hoanzl und ich unseren Verlag Schultz & Schirm gründeten, einen Theaterverlag, der mit den Aufführungsrechten von Stücken handelt und eine eigene Buchreihe herausbringt, mit aktuellen Theaterstücken, vornehmlich Komödien. Damit die paar Wahnsinnigen, die das Theater so sehr lieben, dass sie es auch in knochentrockener Form lesen wollen, auf ihre Kosten kommen.

— Nun hat uns die traurige Nachricht ereilt, dass unser geliebter Samuel French Bookshop, der Fundort so manchen Theaterstücks, am 12. April 2017 für immer seine Pforten schließt. Nicht, weil es keine Theaterliebhaberinnen und -liebhaber gäbe, nein, weil die Mieten in London derart in die Höhe schnellen, dass selbst eine gut gehende Theaterbuchhandlung hoffnungslos überfordert ist. Für die Immobilienbesitzer ein großer Gewinn, für die Theaterlandschaft ein echter Verlust. Wir trauern mit der Fangemeinde. Uns ist der Wegfall dieser wichtigen Institution ein Ansporn, erst recht mit unserer Theater-Edition weiterzumachen.

— Hier kommt also nun die Nummer sechs: Metrische Taktlosigkeiten. Metrisch? Ja! Lisa Eckhart schreibt in Versen. Und wo sie nicht in Versen schreibt, führt sie uns gedanklich schon mal in ihre Themen ein. Das ist sehr freundlich von ihr, denn ihre Dichtung ist mit derart spitzer Feder geschrieben, dass ich schon mal eine Passage zweimal lesen wollte, um alle Doppelbödigkeiten so richtig zu genießen.

Sie machen mir die größte Freude, wenn sie unsere Stücke lesen. Ich hoffe, Sie haben annähernd so viel Spaß dabei wie ich.

Herzlichst,
Ihr **Michael Niavarani**

SCHULTZ & SCHIRM – Verlag und Edition

— Der Bühnenverlag SCHULTZ & SCHIRM wurde 2014 von Helen Zellweger, Michael Niavarani und Georg Hoanzl in Wien gegründet.

— Mit der THEATER-EDITION SCHULTZ & SCHIRM bringen wir zeitlose Bühnenstücke und Komödien aus dem Verlagsprogramm auf den Markt. Wir begleiten Autorinnen und Autoren in ihrer Arbeit, übersetzen Stücke ins Deutsche und wollen ausgewählte Komödien auch in der vorliegenden hochwertigen Ausstattung einem breiten Publikum zugänglich machen. Die Theater-Edition richtet sich zudem an Schülerinnen und Schüler, Lehrende, Studierende und jeden und jede, die ein Stück zusätzlich zum Live-Erlebnis auch als Text erleben möchten.

— Dabei legen wir großen Wert auf gestalterisch ansprechende Bücher, die regional und umweltschonend produziert werden. Wir verzichten auf Zellophanierung des Umschlags (Beklebung mit einer Kunststofffolie) und verwenden hochwertiges EU Ecolabel und FSC™-zertifiziertes Papier. Gedruckt werden unsere Bücher in Wien.

www.schultzundschirm.com

METRISCHE TAKTLOSIG-KEITEN

EINE EINFÜHRUNG INS POLITISCHE KORREKTUM

PROLOG

Als Kind war ich von kleinen Träumen,
ich wollt die Welt mit Goldstuck säumen,
ich wollte ihre schwankend Säulen,
mit meinem Vers maßlos beschmiert,
wie wenn man nässende Pestkrankenbeulen
festlich und schmuck mit Lametta verziert.

Mein einzges Laster seit der Zeit,
Ihr seht, war stets Bescheidenheit.

Ich wollt zu Erden solch Applaus,
dass Goethe mit geballtem Faust,
voll Neid mit seinem Hergott ficht,
dass Heinrich weine, Bertolt bricht.

Ich wollte mindestens 13 Apostel
sowie den ersten blasphemischen Gospel.
Wer hören kann, mein Padawan,
ich Eures Pulsschlags Karajan.

Ich wollt Diktatoren und alle Tyrannen
ehrfürchtig in meinen Schatten verbannen,
dass man glaubt, dass Caligula
der Sohn meiner Erziehung war.

Ich will nicht viel, ich möchte alles,
und dass im Falle meines Falles
sich selbst beim Aufprall der Hochmut nicht legt,
nicht ich, doch die Erde die Schürfwunden trägt.

Dann freut Euch kurz, vom Spotte trunken,
die Tochter aus Elysium,
so seht, wie ist sie tief gesunken.

Da liegt sie nun im Staub hernieder,
und frisst mit Lust, was überbleibt.
Ich schwör, ich bin danach nicht klüger,
wenn man auch mir die Flügel teilt.

Ich streu Euch ins Getriebe Sand,
bis man mir Himmel wiedergab,
und mal den Teufel an die Wand,
wo immer ich kein' Spiegel hab.

Und scheint mein Ziel auch unmöglich,
weil's voll Irrsinn und Tand steckt,
wer vom Irrsinn nie kostet,
weiß nicht, wie Verstand schmeckt.

Und niemals wird unsterblich sein,
der, dessen Zweifel endlos schein'n,
die, die aus Scheitern Zögern erben,
von ihren Ängsten abgestumpft.
Besser als ein Narr zu sterben,
als in den Grenzen der Vernunft.

Und wenn der Tod mich zum Tanz lädt,
mir den Lorbeerenkranz webt,
und sagt: Du vergaßt, dass du sterblich,
dass jed Mittelmaß erblich,
und dir, gleich deiner Menschenbrut,
liegt das Vergessen-Werdn im Blut,
allein in Raum und Zeit verwaist,
du gleichst dem Geist, den du begreifst!

Dann sag ich: Nein, denn mich behüt
Erinnerungsformaldehyd.
Was soll mir Leben, eitle Zeit,
wenn sich Geschichte weiterschreibt,
nach meinem Tod, was kümmert's mich,
denn werden sie wissen, so sehr sie auch streben,
die besten Geschichten, die schreibt nicht das Leben,
die besten Geschichten schreibe immer noch ich.

TU FELIX AUSTRIA

Ach, Österreich, du Elysium Europas, du Idyll wunschlosen Unglücks. Wo andere Krieg führten, haben wir geheiratet. Wo andere Mauern bauten, haben wir im Wirtshaus geschunkelt. Und wo andere entnazifiziert wurden, haben wir *Sound of Music* geschaut. Wir Österreicher sind ein bescheidenes Volk mit einfachen Bedürfnissen. Was uns gefällt: Skifahren und Wandern. Alles, was paniert ist. Und Ungarn. Was uns nicht gefällt: die Deutschen. Witze über Kängurus. Und wenn man auf unseren Erzherzog schießt. Darauf können wir uns – jeglicher Individualitäten zum Trotz – vermutlich alle einigen.

Und niemand beherrscht die hohe Kunst der Präpotenz wie wir Österreicher. Präpotenz – ein Wort, das außerhalb unserer Grenzen überhaupt nicht existiert, wodurch der Begriff selbst enorm präpotent erscheint. Ja, wir sind ein eitles Völkchen. Für unsere eher unrühmlichen Kinder haben wir Kuckuck gespielt und sie den Deutschen ins Nest gelegt. Andere hingegen haben wir ohne Rücksicht auf ihr Einverständnis gewaltsam adoptiert und zu unserem Eigentum erklärt. Das hätten wir im Grunde nicht nötig, da aus dem Schoß unserer Alpen ohnehin viele namentliche Persönlichkeiten und Künstler gekrochen sind. Beethoven zum Beispiel. Und nicht zu vergessen, der gute Sigi Freud. Österreich – die Heimat der Psychoanalyse. Und das, obgleich wir Neurosen weder erfanden, noch ein effizientes Mittel zu ihrer Heilung entwarfen. Eigentlich entdeckten wir nur, dass Neurotiker offenbar gerne auf Sofas herumliegen. Inwiefern das nicht genauso gut für andere Menschen gilt, bleibt fraglich, doch wie lautete schon Freuds Motto, das in großen Lettern über seiner Praxis prangte: Hüft's nix, schodt's nix. Und was könnte unser Land nun also besser beschreiben als drei psychoanalytische Symptome, denen wir zu Größe und sie uns zu Wahnsinn verhalfen?

Der Analcharakter

Der Charakter eines Landes, so sagt man, definiert sich mitunter durch sein Fluchen. Sexuell oder fäkal, das sind die zwei großen Strömungen, wie ein Volk seinen Unmut mit Vorliebe kundtut. Während *fucking* des Amerikaners liebstes Adverb und Salz seiner Sprache zu sein scheint, ist Österreich angeblich der weltweite Spitzenreiter des Fäkal-Fluchens. Das reicht von der subtilen Erkundigung, ob einem jemand ins Hirn geschissen hätte, bis zu einer Vielzahl kreativer Bezeichnungen, deren Grundmaterialien stets fester oder flüssiger Natur sind. Hier eine kleine Auswahl: Kuttenbrunzer, Schluchtenscheißer, Bettsoacher, Brunzbuschn, Soachleitn, Peidlwasserpracker, Scheißheislkaktus und die gute, alte Schaßtrommel. Und während der Amerikaner im Falle der Überdrüssigkeit sein Gegenüber mit einem dezenten „Go fuck yourself!" zum munteren Masturbieren entlässt, empfehlen wir uns lästigen Personen, ihren Darm zu entleeren. Profis kombinieren diese Ausdrücke sogar miteinander und kreiieren pompöse Pleonasmen, wie z. B.: „Geh scheißen, du Gschissener!" Freudianisch gesehen, spricht ein sexueller Einschlag beim Schimpfen für Komplikationen in der genitalen Phase, und ein fäkaler für Schwierigkeiten in der analen Phase. Demzufolge lägen die größten Komplexe des Österreichers nicht im Bett, sondern am Heisl. Wir sind weder sonderlich prüde, noch extrem brunftig, doch ganz Österreich saß gebannt vor den Fernsehgeräten, wenn Sasha Walleczek Hinz und Kunz mittels verschiedener Kotkärtchen zur Beschaffenheit ihres Stuhls befragte. Das fasziniert uns offenbar mehr als vulgärer Geschlechtsverkehr. Doch besser eine verklemmte Verdauung denn ein bestuhltes Sexualleben.

Der Todestrieb (Thanatos)

Der Tod, das muss ein Wiener sein, sang Georg Kreisler und wer würd dies bezweifeln? Doch kein Wiener, wie der Mundl einer war. Man könnte sich nur schwer vorstellen, wie sich der Tod 1914 in Sarajevo seinen Weg durch die schaulustige Menge und Blutsuppe bis hin zum Erzherzog bahnte, ihn aufschulterte und lachte: „Kumm, Franzi, du oglutschte Kamözechn, jetzt hau ma uns über die Heisa!" Nein, eher so ein Wiener wie aus einem Arthur-Schnitzler-Stück. Ein Galan, wortgewandt und sehr adrett, der äußerst gern mit Mädchen tanzt. Sie schwängert und sich sodann wortlos empfiehlt. Doch wenn man vom Sensenmann höchstpersönlich mit einem Balg sitzen gelassen wird, ist Selbstmord tatsächlich eine todsichere Möglichkeit, um ihn zurückzugewinnen. Doch ließe er uns nie im Stich. Der Bayer muss den Boandlkramer mit billigem Fusel bezirzen. Uns Österreichern gibt der Tod selbst einen aus. Schließlich ist er hier ein gern gesehener Gast. Denn nichts besingen und beschreiben wir Österreicher lieber als den Gevatter. Gott ist uns zu fad und gut und der Teufel oft zu quirlig und verschroben. Der Tod hingegen ist nahbar, vertraut, einer der Unsrigen. Und vor den Unsrigen fürchten wir uns bekanntlich nicht, ganz gleich, wie unheimlich und irr sie daherkommen mögen. Der Tod ist Freund aller Klassen und Stände. Die Hakler sehen ihn als Genossen, der wie sie stets tüchtig schafft. Die Bauern loben seine Sense, die sich gegen die Technik sträubt. Und die Angestellten laden ihn in die Gewerkschaft der Knechte unter einer unbarmherzigen Bürokratie. Und schon Jahrzehnte ehe Lana Del Rey mit „Born to Die" durchs Radio siechte, hatte Arik Brauer erkannt, wir alle sind nichts weiter als „Geburn für die Gruabn". Hollero.

Die Nostalgie

Einer der Gründe, warum uns der Tod so herzlich wuascht ist, mag darin liegen, dass wir uns viel weniger um die Zukunft sorgen, denn um die Vergangenheit trauern. Und dabei kann uns selbst der Tod nicht weiterhelfen. Denn früher war schließlich alles besser. Oder es war zumindest anders gschissn. Aber dieses anders erscheint rückwirkend tatsächlich sehr schick im Vergleich zu den heutigen Missständen. Doch Obacht, wenn der Österreicher nostalgisch von früher spricht, meint er nicht die Dreißiger, sondern immer nur all jene Jahre, in denen sämtliche Romy-Schneider-Filme spielen. Die gute alte Kaiserzeit. Eine

Epoche reinster Harmonie. Der Balkan kochte zwar voll Leidenschaft wie Gulaschsaft, aber unsere cisleithanische Hälfte zündelte wie Rumpelstilzchen und stieg erstaunlich oft gut dabei aus. Manchmal kamen die Türken und brachten uns Kipferl. Dann kam ein Franz Kafka und rettet noch heute Gymnasiasten davor, acht Jahre lang ausschließlich Thomas Bernhard zu behandeln. Natürlich war nicht alles rosig. Abgesehen von den Gesäßbäckchen der gedroschenen Leibeigenen. Viele Menschen konnten nicht lesen und schreiben, geschweige denn sich gut ernähren. Doch war man zu jener Zeit arm und elend, dachte man zumindest noch, man hätte es verdient. Jeder wurde unausweichlich in seinen Stand hineingeboren und die einzige Karriereleiter führte auf den Dachboden, wo manche Überforderte schon ein beachtliches Windspiel formierten. Denn die Aussicht aufs Jenseits war die einzige Aufstiegsmöglichkeit. Am besten zu Christi Himmelfahrt. Vielleicht lässt einen der Jesus ja umweltschonend mitfahren. Tja, dieses wehleidige Schwelgen ist natürlich eng verbunden mit unserem Masochismus, einer ebenfalls genuin österreichischen Entdeckung, gemacht durch den Grazer Dichter Leopold von Sacher Masoch. Der Poidl wusste, dass im sich willentlich dem Schmerz Aussetzen auch große Lust verborgen liegt. Und nicht anders kann man sich den heutigen Kitsch der Droschken und Kostüme erklären. Doch ab und an, da schadet's nicht. Und niemals will ich mir die Freude verwehren, wann immer ich mich im Würgegriff eines ungarischen Zahnarztes befinde, ihm mit erröteten Wangen und bedeutungsschwangerer Stimme zuzuflüstern: „Bitte, Graf Andraszy, dringen Sie nicht weiter in mich."

SCHÖNE TAGE

Man merkt es nicht an mei'n Manieren
und Grazie, die die Finger zieren.
Man sieht es nicht an meinem Gewand – na,
dagegn wirkt der Opernball wie die Hochburg der Sandler.
Man riecht's nicht am Duft, den ich munter entsend,
wie wer vom IS, der sich im Douglas gesprengt.

Man hört es auch nicht an den Worten,
die solch erlesne Anmut horten,
dass selbst die Sprache Goethes Faust
klingt wie Tourette im Hurenhaus.
Kurzum, es wirkt befremdlich, doch ...

I kum vum Lond, aus tiefstem Loch!
Zwanzg Johr wor i durt, wo a Schmoiz oft so grausich,
dass söbst da Sau graust, aus der das Schmoiz raus is.

Von durt, wo ma außer Schunkeln kane ondaren Tanz kennt,
und wo ma anfochheitsholba an jeden nur Franz nennt,
von durt, wo'st im Winter ka Haubn brauchst vor Leis,
und manche weng schiagln, weil der Stammbaum a Kreis.

Von durt, wo neamd readt net korrekte Grammatik,
wo's haßt: „I ghert die Moped!", do samma net happig.
Wir sogn nua: „Vurn steht da Traktor, hint stehn die Kia,
und wennst zum Mahn z'deppat bist, geh in d'Stodt und studier!
Durt lest's vielleicht Kant und gelehrte Kohorten,
doch i unterscheid eich zwanzg Erdäpfelsorten."

Wal i bin von durt, wo a Watschn no gsund ist,
und wer um 6 Uhr no schlaft, a muats fauler Hund is,
von durt, wo Erziehung an ziemlich verhunzt,
dass ma gern no mit zwanzig ins Bett einibrunzt.

„Doch moch da nix draus“, sogt da Vota, „jetzt mock net.“
Und er zindt dir des Leintuch uman Schädel bis trocknet.
Doch am Obnd is vergessen, Vota hot jo a Herz,
und spuckt da deswegn heit nua zwamoi in Sterz.

Diese Flora, diese Fauna, Berge auffi, Berge dauna,
am Boden siechst saftige aufplatzte Zweschken
und a monchmoi an Knecht, an vom Traktor zaquetschten.
In d’Bama siechst Ernte von Apferl und Birnderl,
und monchmoi dahängt obn im Wipfel a Dirnderl,
oba wenns net zu haß, dann losst ma’s hoit durt,
des scheicht so leicht baumelnd die Vögelein furt.

Doch eis Stodtleit, eis sechts nix, wuits weg nur recht schnö,
eis glaubts bei uns wär’s net spannend, neamd is kriminö.
Es haßt zwoa am Land und auf’d Olm gibt’s ka Sind,
doch des sogt ma nua wal ma die Opfer nie findt.

Und is wer ned von do, na da samma ned so,
sogn: „Willkommen, kumm eina, und geh di dasteßn!
Wen da Bauer ned kennt, den hot er scho gfressn.“
Wal Fremde, die jogn ma mit Rutn vom Grundstück,
wir teiln hoit net gern unser wunschloses Unglück.

I man, wir san eh katholisch, oba ned groß motiviert,
söbst da Pforrar hot sunntogs an Schlof und is miad:

„Lasst uns gemeinsam beten: Vater unser, der du bist
obn im Himmel ... Orsch und Zwirn,
lossts uns d’Mess schnö umabiagn.
Kummts her, fressts Hostien, trinkts an Doppla,
im Namen des Heiligen Geistes – na hoppla!
Jetzt bin i scho wida, was tut mich das reun,
in an Ministranten gfoin!
Wie dem auch sei, tuats no a Spend in des Körberl do schmeißen,
sunst trifft euch gewiss da Blitz Gottes beim Scheißen.
Und befolgt die Gebote, zumindest die leichten,
und wem sogar des z’bled, der kummt nochher zum Beichten.“

Des is zwoa recht trostlos, doch am Land braucht neamd Trost,
geht's ma wirkli moi dreckig, tua i mehr Speck in d'n Toast,
i schneiz wem in d'Ärmel und wenn i dazua kumm,
dann geh i auf d'Wiesn und schupf durt a Kuah um,
'cause that's entertainment, meine Herrschaft und Leit,
wer noch'n Kirtag net gspiebn hat, der wor nie dabei!

Und is ma trotzdem no fad, und jed Hakn scho taun,
dann zag i den Nochbarn beim Dorfgendarm aun.
Na, wal er z'laut maht, wal er recht deppart schaut,
oder weil ma hoit anfoch des Onzagen taugt.

Herts, i brauch do kan städtischen Pepp und kan Jetleg,
wenn i mi vom Söbstbrenntn restfett ins Bett leg,
wos schert mi dann die Wöt? Do gibt's nix des ma föt!

Und wenn mi trotzdem wos quöt,
na dann hol i den Hausknecht,
der schloft sunst im Saudreck,
und zohl ihn mit Bauchspeck,
dass er si auf mi drauflegt.

Danoch schick' ihn in' Stall zruck, doch er tuat net sudern,
sogt nur: „Dankschen für's Durchhaun“ und „Bittschen fürs Pudern“.

Tja, wir san net gonz allanig, hobn oiweil an sitzen,
bei uns fangat söbst Haneke irgendwann an zum Ritzen.
Doch a wenns oft hort is, in d'Nocht haifig pleart ma,
wos di net umbringt, des mocht di nur ärger.

BUNDESHYMNE

Land der Berge, Land der Dome,
schwimmst du auch gerne mit dem Strome,
drehst Fähnchen oft nach dem Gesinde,
fehln dir auch Schrauben im Gewinde,

wir salutiern dir! Wenngleich schüchtern,
zwar nicht recht stolz, erst recht nie nüchtern,
gehn nicht im Stechschritt durch die Gassen,
man bat uns höflich, das zu lassen.

Nein, heut stehn wir am Praterstand,
und speiben für das Vaterland!

Du warst ein Weltreich sondergleichen,
dein Grenzwall mochte so weit reichen,
in unsrem Land da wurd's nie dunkel,
heut bist Europas Arsch-Furunkel.

Man nahm dir Böhmen, nahm dir Mähren,
und es strömen heut noch Zähren,
denn wenn sie uns schon Ungarn nahmen,
durch alliert Chirurgenhand,
wieso ließt Ihr, in Gottes Namen,
uns denn dann das Burgenland?

Wir warn der höchste Adelsstand,
heut Bahnhofsklo vom Abendland,
doch darin liegt dein ganzer Charme,
du Wurmfortsatz Europas Darm.

Denn deiner ist man überdrüssig,
wie Grippekot ganz überflüssig,
kannst du dir wirklich ois erlauben,
nichts, das du solltest, dürftest, muasst,
weil wir san anfoch jedem wuascht!

Und dass so bleibt, uns neamd entdeckt,
redt jeder nur im Dialekt,
damit's die NSA nia checkt.
Umsonst die Abhörtechnnik zoit a:
In your face, Obama Oida!

Du Heimat großen Herrenvolks,
nicht immer ist mein Herz voll Stolz,
wennst gegen Schwule christlich hetzt,
doch Ministrant per fisting wetzt.

Du Heimat großen Herrenvolks,
nicht immer ist mein Herz voll Stolz,
wenn deine Banken pleitereich,
weil du das Hypogeld verschluderst,
und deine Kinder kreidebleich,
weil du sie gern im Keller puderst.

Du Heimat großen Herrenvolks,
nicht immer ist mein Herz voll Stolz,
wenn a Asylheimscheibn zerscheppert,
tja, oft bist du zum Scheißen z'deppart.

Doch wie ein Kind, des schiach und schiaglat,
ein Unfallskind vom Stainzer Kirtag,
des redt nur Schaß, im Hirn nur Ruass,
man liebt es eben, weil ma muass.

Da kann ma mochn, wos ma wü,
do kummt ma her, do ghert ma hin,
und alle wissen, dass wir zusammen sind noch heute,
doch – jetzt hör ich sie, sie kommen, uns zu holen,
EU, der Ostblock, NATO-Meute.

Doch sie werden uns nicht finden,
niemand wird uns finden!
Weil wir, wir san am Oasch da Wöt,
drum sog i vom höchsten Himmelszöt
und wenn Ihr wuits, a gonz allan:
I bin gern im Oasch daham.

ODE AN DIE FREUDIANER

Doktor, Doktor, höffen'S ma,
es is schon fünf vor zwöf und na,
des is ka Schick und a ka Spleen:
Ich glaub i warat schizophren!
Wie ich drauf komm, des wolln Sie wissen,
nun ...

I.

Prinzipiell bin ich so ana,
der sich schert, so ein Veganer.
Ich brauch ka Henderl voll Tabletten,
die's rezeptfrei drin verstecken.

Stattdessen friss i am Tog drei Kukuruz,
und wenn i monchmoi, kuzikuz,
speib von all dem Gmias und Kerndl,
düng i mit Gspiebnem meine Möhrndl.

Ich brauch kan Mais mit Gendefekt,
der leichtend no in d'Zähnterl steckt,
brauch kan Monsanto, der uns schölt do,
alles Bio, alles Öko.

Doch letztens schreckt's mich auf am Morgn,
a Spritzen steckt ma no im Orm,
i lieg im Grabn der Autobahn
und wü die Nodl aussazahn.

I riach dron und mi trifft's wia Blitz,
wia i kapier, wos i ma spritz,
die Nodeln, die in Händ und Wadln stecken,
san vui mit purer Brattlfettn.

II.

I bin a Linker, seit i kloan,
so oag, dass söbst beim Autofohrn
i kane andern Regeln kenn –
wo rennt bei Uhrn der Zeiger hin?
Is ma wuascht, i fohr im Überzeugungssinn!
Und der is links, beim Herz, daher,
na leider auch im Kreisverkehr.

Auch auf da Autobahn, jo klor, na,
bin i oiweil Geisterfohrer,
und wenn i dann so drübahaz,
zitier i no den Karli Marx
und schrei: „Ein Geist geht um auf der A2,
der Kommunismus macht uns frei!"

Doch letztens woch i auf schen gmiatlich,
und gfrei mi scho auf mei Melange,
doch siech i, in meim Bett do riart sich
irgendwas und leucht orange.

I ziag des Leintuch weg, mi fetzt's, na,
nebn mir im Bett, do liegt da Petzner!
I schmeiß eam übers Gsichtl a Tuchl,
do kummt da HC aus da Kuchl.

Er reicht mir grinsend mei Melange,
i stotter nur: „Wos is passiert?"
Da Strache locht: „Wir san flaniert,
in d'Nocht hobn wir in Birkenstock
ausn Dorf die Tiakn gjogt!"

III.

Ich seh mich schon als Feminist,
ka so a Gangerl, a Machist,
denn Frauen sind, man glaubt es nicht,
Menschen nur, wie Du und ich!

Söbst des Madl mit dem Bort,
weil monche san zu der scho hort,
die Ärmste hot jo gor nix taun,
dass ihr a Bort wochst wie an Maun,
jo mein Gott na, wos suis'n tuan,
monche werdn hoit kripplad burn.

Doch letztens bin i narrisch wurn,
mei Oide sogt: „Mein lieber Mann,
ich fang jetzt noch ein Studium an,
ich möchte Rechtsanwältin werdn,
könntst du dich dann um d'Kinder schern?"

Dann krallt sie hinter'm Herd daher
und mant, sie is da irgendwer,
sogt, dass nua in Kuchl hucken,
für sie keine Karriere sei,
dann muass i ihr die Haxn stutzen
und bau das Haus barrierefrei.

IV.

I bin katholisch, aber richtig,
weshalb i bet, bis d'Finger gichtig,
und jede Woch in d'Kirchen geh,
a wonn i dreißg Moi ned versteh,
wos da Pforra von mia wü,
es is jo wuascht, es geht ums Gfühl!

Donn sauf i, a wenn d'Oide muart,
an Doppelliter Christusbluat,
und nosch dazua fünf guate Deka,
die Backoblaten do vom Schlecker,

die trocknen Keks, den Christusleib,
und freu mich, wenn ich schließlich speib,
weil Christ, wenns mir den Magen dreht,
zum zweiten Male aufersteht.

Doch monchmoi hui I ma a poor so Buam,
die mit am Scheitel auf da Ruabm,
schrei: „Peitschts mi pudelnockat aus,
mit Rutn do vom Osterstrauch!"

Doktor, kennten'S ned amoi wos sogn?

V.

Herr – wie war der Name? – Österreich,
das wird sie jetzt vielleicht schockieren,
doch geht's all Herren Länder gleich.
Schaun'S einmal kurz ins Wartezimmer,
hörn'S schon eina das Gewimmer?

Da sitzt zum Beispiel einer draußen,
da schaun'S her, da links ganz außen,
mit'm Taschenrechner in da Hand,
der, der Herr heißt Griechenland,
von Kindheit an voll Schuldgefühle,

und wenn'S noch weiter schaun zwei Stühle,
sitzt Deutschland, mit Verfolgungswahn,
glaubt, dass' die Amis abhörn tan,
und daneben Frankreich, irr wie nie,
schreit unentwegt, er wär Charlie.

Verstehn'S? Die Welt, die ist ein Narrenhaus,
machen'S halt das Beste draus,
sowohl die Bösen als die Besten
tragen heute weiße Westen –
die, die vorne zamgschnallt sind.

Bis auf die schöner Schein Betörten
muss jeder sich um Irrsinn sorgen,
denn nur die wahrlich Gestörten
sind noch nicht verrückt geworden.

II. MYTHEN DES ALLTAGS

Weil Rassismus und Sexismus den Menschen in der Ausübung ihres Hasses irgendwann nicht mehr genügend Abwechslung boten, erfand man gegen Ende des Mittelalters den Generationenkonflikt. Dieser ermöglichte fortan, sich gegenseitig nicht nur aufgrund von Geschlecht und Herkunft zu ächten, sondern auch Mitglieder anderer Altersgruppen willkürlich zur Sau zu machen. Dass dieser Trend gerade am Anfang der Neuzeit aufkam, ist kein Zufall. Schließlich hatten die verheerenden Hygienezustände im Mittelalter die durchschnittliche Lebenserwartung auf 21 Jahre gesenkt, was die Frage um Generationen etwas erübrigte. Natürlich unterschied man auch damals bei Mädchen zwischen einem heißen, jungen Feger (9 bis 12 Jahre), einer Milf (um 15 Jahre) und einer geselchten Rumpelkammer (ab 20 Jahre). Nichtsdestotrotz waren die Lebensabschnitte zu kurz, als dass man das chronische Frühaufstehen kleiner Kinder von der senilen Bettflucht der Alten hätte unterscheiden können.

Doch glücklicherweise konnte die Lebensdauer durch wenige Änderungen der Pflegegewohnheiten verlängert werden. Sobald man begann, sich hinter den Ohren zu waschen, war Lepra so gut wie eingedämmt. Typhus verschwand, da sich Frauen vor dem Zubettgehen nun konsequent abschminkten. Nachdem Männer schweren Herzens aufhörten, im Stehen zu exkrementieren, neigten sie kaum mehr zu Milzbrand. Und, wer hätte das gedacht, der Pest wurde Einhalt geboten, indem man sich die Schneidezähne fortan in Kreisbewegungen putzte. Dem aufgeklärten Zeitalter stand jetzt nichts mehr im Wege. Zur Rassen- und Klassenschande sowie der darwinistischen Kränkung der Homosexualität gesellte sich nun auch der verpönte Altersunterschied. Denn mit Vertretern fremder Lebensabschnitte hat man genauso wenig zu liebäugeln wie der edle Gutsherr mit der zerlumpten, einbeinigen Magd.

In sich selbst zurückgezogen, entwickelte jede Generation ihre eigenen Formen von Aberglauben, die andere Altersklassen ums Verrecken nicht ernst nehmen wollten und als halluzinierte Einbildungen abtaten. Die Jugendlichen hatten die Pubertät. Die Erwachsenen das Burn-Out. Und die Alten den Schmerz im linken Arm. Allesamt natürlich nur plumpe Versuche, um sich wichtig und interessant zu machen. Vor allem verlacht wurden aber die Kinder. Für ihren vermeintlich närrischen Glauben an eine Vielzahl sagenumwobener Kreaturen, wie z. B. das Christkind, den Osterhasen oder den großzügigen Juden. Der Hohn der Erwachsenen schmerzte besonders, wenn man bedachte, dass jene Eltern, welche nun die Existenz des Christkinds als wahnwitzigen Schwachsinn abtaten, noch zehn Jahre zuvor die rothaarige Nachbarin verbrennen hatten lassen, weil sie diese angeblich nachts beobachtet hatten, wie sie sich Kröten gleich Rollschuhen an die Füße schnallte und damit herumfuhr, während sie dem Satan ewige Treue schwor.

Dass diese und weitere Figuren tatsächlich existieren, steht heute außer Zweifel. Umstritten sind jedoch häufig ihre Physiognomie, Beweggründe und ihre Werdegänge. Genau diesen auf den Grund zu gehen, habe ich sehr viele Kosten und Mühen gescheut. Aber trotzdem, unter Aufbietung halbherzigster Kräfte, gelang es mir, die Entstehungsgeschichten des Christkinds sowie die des Osterhasen zu enthüllen. Ebenjene möchte ich Ihnen im folgenden Kapitel wie Guido Knopp in einer historisch fahrlässig reißerischen Weise präsentieren. Doch will ich Ihnen gleichzeitig nicht verhehlen, dass ich kläglich bei der Klärung der Identitäten zweier anderer mystischer Personen gescheitert bin, die darum hier kurz besprochen werden sollen.

Die Zahnfee

Der dubiose Don des Dentalschwarzhandels. Bis heute weiß niemand, wer sie ist, noch woher ihr unstillbares Bedürfnis nach Zähnen rührt. Lange Zeit vermutete man hinter diesem Pseudonym die ungarische Zahnarztgehilfin Ildiko Szabó aus Budapest. Sie und ihr Mann Zsolt führten in den 1920er Jahren eine florierende Praxis mit unfassbar günstigen Implantaten, die durch ihre verblüffende Echtheit bestachen. Die Modelle waren in allen Weißtönen und mit unterschiedlichem Kariesbefall verfügbar. In manchen steckten sogar noch Essensreste, die Ildiko gemäß einer brillanten Geschäftsfrau als kleinen Snack selbstredend extra verrechnete. So entstand der Verdacht, die beiden benutzten für ihre Eingriffe recyceltes Zahngut. Dieser erhärtete sich durch die Tatsache, dass die ärmere Bevölkerung Budapests zu jener Zeit einen extremen Zahnmangel zu beklagen hatte und kaum jemand über mehr als drei gelbe Stumpen zum notdürftigen Zerreißen von Gulaschbrocken verfügte.

Später stellte sich jedoch heraus, dass es sich nicht um menschliche Zähne, sondern um Meißner Porzellan handelte, das Ildiko und ihr Mann in kleine Scherben zerbrochen und ihren Patienten in die Kiefer gerammt haben. Da sie das Geschirr zuvor nicht abwuschen, fanden sich darauf beizeiten besagte Essensreste. Und das, was wie Karies anmutete, war lediglich die typisch hässliche Meißner Musterung. Ildiko und ihr Mann wurden allerdings nicht freigesprochen, da man im Zuge der Ermittlungen dahinterkam, dass die beiden im Keller der Praxis heimlich einen in Ungarn damals illegalen Sisi-Kult betrieben, und so wurden sie schließlich wegen Wiederbetätigung hingerichtet. Für die horrenden Zahnzustände der Budapester fand sich übrigens eine einfache Erklärung. Nach der Abspaltung von Österreich und dessen liebevoller Hege verluderte das prachtvolle Königreich Ungarn innerhalb weniger Tage zu einem vorzivilisatorischen Höllenschlund. Menschenrechte waren außer Kraft gesetzt, die Infrastruktur brach zusammen, die Menschen verlernten die Sprache und kommunizierten fortan nur mehr mit den Vokalen Ü und Ö, die sie zusammenhangslos durch die Gegend brüllten. Um das Elend ein wenig zu lindern, begannen die Leidgeplagten, sich unentwegt Lines von Paprikapulver durch die Nase zu ziehen. Der edelsüße Schnee bewirkt zwar ein temporäres Stimmungshoch, geht aber bei übermäßigem Gebrauch bekanntlich mit Zahnfäule einher.

Seither gibt es nicht einmal mehr Spekulationen um die Person der Zahnfee, geschweige denn zu ihrer weniger bekannten Schwester, der Zahnfleischfee, welche man gerne für den medizinisch noch ungeklärten Zahnfleischschwund verantwortlich macht. Allerdings kursieren auch zahlreiche falsche Gerüchte zu diesem Thema. Es entspricht z. B. einer irrigen Annahme, die Zahnfee beschränke sich nur auf das Sammeln von Milchzähnen. Diese sind lediglich die einzigen, welche sie monetär entlohnt. Zu ihren liebsten Erntefeldern zählen neben Kinderzimmern nämlich auch schottische Pubs und Eishockeyfelder. Orte, an denen man eigentlich knietief in ausgeschlagenen Beißern samt daran klebendem Wurzelfleisch waten müsste, wenn diese nicht immer auf mysteriöse Weise verschwänden. Auch Pensionisten klagen vermehrt über den Verlust über Nacht eingeweichter Zahnprothesen. Doch weil alte Menschen grundsätzlich einfach viel zu viel Unsinn reden, werden diese zahlreichen Diebstahlsanzeigen zumeist sofort ad acta gelegt.

Der Sandmann

Eine weitere suspekte Figur, die sich gerne nächtens in die Zimmer unserer Kinder schleicht. Ein Verhalten, das uns, wie im Falle der Zahnfee, meiner Meinung nach nicht ausreichend beunruhigt. Zumal die Motive des Sandmanns noch undurchsichtiger sind als jene seiner Kollegin. Seine Tätigkeit besteht darin, müden Kindern kurz vor dem Einschlafen eine ordentliche Portion Sand in die Augen zu schleudern. Ein Ritual, dessen Zweck umstritten ist. Manche behaupten, der Sand beschere den Kindern ihre Träume. Das ist ganz offensichtlich Humbug. Zum einen träumen Erwachsene gleichermaßen und zum anderen wissen wir, unsere sämtlichen Träume entstammen nicht irgendeinem magischen Sand, sondern natürlich dem uns alle innewohnenden Wunsch, unseren Vater zu ermorden und unsere Mutter zu heiraten. Ja, das gilt auch für die Mädchen, die ja im Grunde nur defizitäre Knaben sind und deshalb niemals als Frauen sondern vielmehr als verkrüppelte Männer diskriminiert werden sollten. Daran arbeiten wir uns

Nacht für Nacht ab und das ganz ohne das Zutun irgendeines abartigen Kobolds.

In Bezug auf den Sandmann sind Wissenschaftler noch ratloser als im Falle der Zahnfee. Kurz glaubte man, hinter dieser willfährigen Kreatur stecke das Werk des britischen Augenarztes Dr. Brightside, der 1897 das erste Patent für Kontaktlinsen vorstellte. Dieses wagemutige Projekt sah eine verbesserte Sehleistung durch eine dicke Schicht Sand in den Augen der Patienten vor. Dass sich dieses Vorhaben als Stumpfsinn entpuppte, erstaunte nicht einmal Dr. Brightside selbst. Dies hielt ihn jedoch nicht davon ab, seine Experimente fortzusetzen, was ihm neben dem offenbar schon lange zuvor verlorenen Verstand letztlich auch noch die medizinische Zulassung kostete. Doch Dr. Brightside war ein Mann voller Temperament, der bei jeder Nobelpreisverleihung, aus welcher er ungekrönt hervorging, schwungvoll mit Stühlen und Stuhl um sich warf. Deswegen traute man ihm durchaus zu, seine Experimente heimlich weitergeführt zu haben, bevorzugt an schlafenden Kindern. Auch diese Spur verlief sich, verzeihen Sie, im Sande, da Mrs. Brightside, des Doktors blinde Frau, vor Gericht aussagte, ihn niemals bei solcherlei abscheulichen Verbrechen gesehen zu haben. Zudem starb der Doktor im Jahre 1915 bei einem weiteren Eigen-Experiment, das menschliche Auge zu schärfen, indem er mehrere Stunden lang nackten Auges in die Sonne starrte. Der Sandmann jedoch trieb weiter sein Unwesen, über die Zeit und Kontinente hinweg. Somit wurde Dr. Brightside posthum von allen Anklagen frei- und schließlich heiliggesprochen.

Ähnlich der Zahnfleischfee besitzt auch der Sandmann einen eher unbekannten, doch nicht minder mühseligen Verwandten. Die Rede ist natürlich vom Strandsandmann, der einem bei Aufenthalten in Meeresnähe stets auf unerklärliche Weise eine lächerliche Menge Sand in die Gesäßritze streut. Ganz gleich, ob man sich je in den Sand gesetzt oder ins Wasser begeben hat. Selbst wer in einem hermetisch abgeklebten Overall die Strandpromenade entlang läuft, darf sich bei der

Heimkehr genüsslich Hände voll Sand und Treibgut aus den exotischsten Körperöffnungen klauben.

Wie gesagt, auch ich kam nicht hinter das Geheimnis dieser beiden Phänomene. Die obigen Darstellungen dienen nur als Grundlage für weitere Forschungen ambitionierterer Wissenschaftler, als ich einer bin.

DAS CHRISTKIND

Wenn draußen Schnee vom Himmelszelt
auf Dächer, Straßen, Zinnen fällt,
wenn Kinder auf den Stufen harren,
voll Ungeduld mit Hufen scharren,
kommt vielerorts der Weihnachtsmann,
... diese fette, kapitalistische Drecksau!

Am Nordpol hat er Stollen, Mienen,
Zwangsarbeitselfen, die ihm dienen,
jung, verhungert, meistens Inder,
die Packerl packen für die Kinder.

Er selbst mag sich da nicht bequemen,
raucht nur Crack, frisst wie ein Vieh,
denn Geld verdient er mit Tantiemen
der Coca-Cola-Industrie.

Und glaubt ja nicht, ihr tumben Toren,
es wär aus Nächstenlieb geboren,
dass er beschert uns stets im Schlafe,
nein, das ist seine Bewährungsstrafe!

Und der Nordpol sein Exil,
weil er Gericht in Hände fiel,
für, nennen wir es Amtsmissbrauch,
an Kindern ... und an Rentiern auch.

In Österreich, da ist das anders,
in Österreich, da herrscht noch Anstand,
in Österreich, da kommt das Christkind,
das die Geschenke von der List bringt.

Doch woher kommt nun eigentlich das Christkind? Hatte Jesus Christus etwa ein Kind? In der Tat! Doch warum beschenkt es uns Sterbliche? Nun lauschet, die Geschichte ging, wie folgt:

Jesus ging nach einer Festmettn
mit einer ordentlichen Restfettn
zu Maria Magdalena,
diese war zwar auch mal schena,
eh man sie gesteinigt hat,
doch Jesus hat's alleinig satt.

Jungfrau und schon 33!
Nun ja, sein Flirten, das war schleißig,
sein Anmachspruch war stets derselbe,
sah er eine Maid zu Felde,
auf der Straße, in der Schenke,
streichelt sie am Handgelenke,
flüstert ihr mit kühner Stimm:
„Du Hur bist eine Sünderin!"

Das war nicht sehr effektiv,
weshalb er stets alleine schlief.
Doch nun, da wusst er, schon in Kürze
hänge er wie fleischig Schürze
von zwei Brettern schwer herab:
Jesus weiß, die Zeit wird knapp.

Drum spricht er zu der Maria:
„Hab keine Zeit zum Süßholzraspeln,
eh sie mich ans Kreuze basteln,
drum Maria, mach ma's resch,
runter mit der ganzen Wäsch!
Doch will kein Kind, wie säh das aus?
Drum mach jetzt den Schnabel auf."

Und dieses, was ich euch berichte,
war erster Cum Shot der Geschichte.
Und diesem gedenken die Christen noch heute,
so legen die Pfarrer der gläubigen Meute,
jedem Mädchen, jedem Jungen,
weiße Hostien auf die Zungen.

Schließlich ist der Tag dann da,
großes Drama, tralala,
Magdalena heult am meisten,
– nicht wegn Jesus auf den Leisten,
doch starb just in dem Momente
auch Hoffnung auf die Alimente.
Denn die Maria, die war schwanger
und bald schon wird ihr bang und banger.

Doch drei Mal geht Sonne auf und unter,
da wird der Jesus wieder munter,
schiebt Fels beiseit, kriecht aus dem Grab,
und denkt sich nur: „Wos is mir fad!
Jetzt hob i wirklich ois erlebt,
war Prediger, Messias, tot,
sah alles, was die Welt mir bot ...
doch am schensten von all jena
wor's Gspusi mit da Magdalena!"

Drum eilt er schleunigst zrück zu ihr,
schreit laut und brunftig wie ein Tier:
„Ich bin zurück von Gottes Acker!"
Sie sagt nur: „Himmelherrgottsakra!
Dass'd wieder da bist, das ist recht,
wennst dich um's Kinderl kümmern mechst ..."

Jesus schluckt schwer und sagt der Seinen:
„Gut, ähm ... schlüpf schon einmal aus den Leinen,
für's Sadomaso-Rollenspiel,
du schlägst mich mit dem Besenstiel,
züchtigst mich wie bösen Buben,
du spielst den Römer, ich den Juden,
doch eh'st mich niederreitst wie Fohlen,
muss ich erst Zigaretten holen ..."

Jesus ward nie mehr gesehen,
Maria lag bald in den Wehen,
und warf ein Kind mit güldnem Haar,
von dem niemand jemals wusste,
ob's Knabe oder Mägdlein war.

Doch scheißegal, das Kind war schön,
so schön wie seine Frau Mama,
unsterblich wie der Herr Papa.

Nach letzterem fragt's unentwegt,
wenn Mutter es zu Bette legt,
Maria sagt: „Einst kommt er wieder ..."

Das Kind denkt sich: „Die Zeit wird lang,
dass' mich nicht so auf Folter spannt,
und ich des Wartens Marter trag,
kauf an jed Weihnacht, Vatertag,
dem Herrn Papa gar schön Geschenke,
als Zeichen, dass ich an ihn denke."

Die Jahr vergehn, Maria stirbt,
der neuste Trend, den man bewirbt,
heißt Christentum, geht um wie Grippe.
Doch Christus' Kind missfällt die Sitte,

dass man den Vater so verehrte,
der sich ja zum Teufel scherte.
Das Christkind wird drum Atheist,
und nennt sich trotzig Antichrist.

Noch hundert Jahre mocht es darben,
für den Vater all die Gaben
stapeln sich wie Turm zu Babel,
bis das Christkind schließlich spricht:

„Die Geschenke kriegst du nicht,
du Drecksvota, du Sauhund foischa,
du heuchelnder, täuschender Weihwassersäufer!
Ich geb jetzt die Geschenke weg,
an deim Geburtstag, do schaust bled!

Und weil Erwachsene nur fürn Oasch san,
beschenke ich alljährlich fortan
nur die Kinder, nicht die Alten,
die sich stets wie Sau verhalten."

DER OSTERHASE

Einst lebte ein Hase bei Bauern am Gutshof,
Hansi sein Name, und stets frohgemut, bloß –
war er etwas einsam, und das doch zurecht,
denn der Hansi war hässlich, da wurd einem schlecht!

Weil als er klein all die Mädchen und Knaben
ihn zu fest gestreichelt und liebgehabt haben,
drum hat er vom Streicheln noch offene Hautstelln
und schielende Augn, die aus Schädel herausquelln.

Zudem war Hansi seither nicht der Klügste,
denn stets wenn der Bauer die Felder bepflügte,
lag er unterm Traktor, er lief in die Sense
und ertrank oft beinahe im Teich für die Gänse.

Doch Hansi blieb stoisch, Gesellschaft vermissen?
Er zitiert Seneca und meint nur: „Drauf gschissen!"

Besser ist's, allein zu bleiben,
grauslich wie's die Menschen treiben,
dacht sich Hansi, der aus Zufall
oft erspähte, wie im Kuhstall

manche der Knechte, die flinken und feschen,
das Heu und die Mägde gleichzeitig dreschen.
Er sah die, deren Beine zum Stehn nicht mehr taugten,
nebst aufghängten Säun an den Schlachthaken schaukeln.

Er sah auch die Bäurin die Pferde verleiten,
zur Abwechslung einmal auf ihr auszureiten,
damit sie sich ganz aufgewühlt,
mondän wie eine Zarin fühlt.

Wo dem Bauer hingegen die Hühnerzucht herhält,
er's ausdehnt, dass festtags das Stopfen nicht schwerfällt,
weil die Kuh gerne austritt, das Schwein sich oft ziert,
und Ziegen sind immer so desinteressiert!

Deshalb habn die Bauern die Hühner so gern,
weil's so gut in der Hand liegn und sich auch nicht wehrn,
und drum werdn die Hendeln auch fast dauernd paniert,
weil's die Fingerabdrücke der Bauern kaschiert.

Doch Hansi, dem muss vor solch Orgien gegraust habn,
schließlich war er sehr fromm und er wollte sich aufsparn.

In ein Huhn namens Hertha war Hansi verliebt,
und gleich jungem Werther jed Hoffnung versiegt,
dass er sie besäße, denn das war eine Frau,
nicht nur ein Huhn, doch a echt geile Sau.

Doch oft paaren sich Wesen unter ihrem Niveau,
und so tat's auch die Hertha, man weiß nicht, wieso.
Vielleicht war sie irr oder verlor eine Wette,
auf jedn Fall stieg Hertha mit Hansi zu Bette.

Er schien sehr nervös, denn er war ja noch Jungfrau,
und hat sich in Damen noch nie so recht umgschaut,
doch macht sich's belohnt, dass er übte am Kürbis,
er pudert sie durch bis sie ordentlich mürb is.

Ein paar Wochen später schwillt Hertha schon an,
sie wollt zwar kein Kind, doch lässt sich's nicht vermeiden,
denn schwor am Hofe jedermann, niemals etwas abzutreiben,
das man vielleicht noch essen kann.

Und so legte sie Eier, wohl ein gutes Dutzend,
als erstem die Schale brach, blickt sie nur stutzend,
denn daraus schlüpfte, naja, ein seltsam Geschöpf,
bedenklich erschienen die zweierlei Köpf,

der Körper teils kahl, ein paar Federn, dann Fell,
Darwin dreht sich im Grabe wie ein Karusell,
als würd man Hase und Huhn in Portionen zerhacken,
willkürlich zamnähen und mit Schorf überbacken.

Doch Hansi war selig, wie Eltern halt sind,
ganz gleich welch ein deppata Datschga ihr Kind,
selbst wenn's mehr Kerzen auf Torte, denn IQ im Gehirn hat,
die Kerzen dann frisst und sich Torte auf Stirn pappt,
in der Schule sich einnässt, nicht tut, was man ordert,
heißt's: „Das ist ein Genie und nur schwerst unterfordert!"

Hansi wollt's herzen, er beugt sich hinab,
doch eh er es fasste, ertönte ein „Flap!".
Hansi blickt auf die Masse, die von Säften entleert war,
und mitten darin steckt der Fuß seiner Hertha.

Sie zieht ihn heraus, und als sie dann sah,
wie Bröckerl hinabfalln, sagt Hertha: „Na wah!
Hansi, kumm, putz des weg, eh's wer siecht, so a Schand!
Weißt eh wie die Leut sofort tratschen am Land!

Und so a Transhenderl, Hansi, is nicht zu bedauern,
des is jo no schiacher als mei Kind mitn Bauern!
Zertret ma die andren, bevor's auch noch schlüpfen!"
Und Hertha setzt an, auf das Nächste zu hüpfen,

als Hansi die Eier packt und mit ihnen lief.
Hinter ihm tobte Hertha, die wütend noch rief:
„Her mit der Bruat!" Er hört sie noch fluchen,
und ängstlich, sie könnte die Eier nun suchen,

versteckt er sie einzeln in Gärten des Dorfs,
und weil er nicht sein kann zugleich allerorts,
legt er sie in Nester, gegen den Wind, wenn er zieht,
mit was Süßem dazu, für den klein'n Appetit.

Hansi kümmert sich löblich, der sittliche Tor,
singt Schlaflieder, liest ihnen Wittgenstein vor,
besticht selbst die Füchse, sodass sie's nicht fressen,
sagt: „Weg von den Kindern, fressts die Hertha stattdessen!"

Jeden Morgen dreht Hansi im Dorf seine Runden,
doch eines Tages warn die Eier verschwunden.
Samt Nest, alles weg, er durchforstet Umgebung,
als er sie in einem der Häuser erspäht und
er schreit, und er hämmert, uriniert gegen Scheibe,
doch nichts stört die Ruh in der häuslichen Bleibe.

So sah er drei Kinder, alle fett wie ein Boiler,
die stopften sich Eier direkt in die Mäuler,
Hansi schrie auf und verlor den Verstand,
den er schon zuvor auch nur flüchtig gekannt.

Die Augen voll Tränen, so lief unser Hase,
und er überquerte ganz achtlos die Straße,
da macht's ein Kabumm, Hansi war kollidiert –
mit einem Reh, das grad ebenfalls die Straße passiert.

Es schleudert ihn weit, ihm ist's, er hätt Flügel,
und er landet auf ei'm überfahrenen Igel,
steckt fest in den Stacheln, ganz hilflos erlahmt,
bis sich zum Glück dann ein Volvo erbarmt.

Tja, und aus war's mit Hansi,
doch die Menschen, die habn si
den Brauch mit den Eiern zu eigen gemacht,
und die Zeit, die die Kinder mit Suchen verbracht,
anders genützt. Und die Grenzen verschwommen,
nachdem manche Kinder gar nicht mehr gekommen.

Was ist noch „die Eier weit draußt zu verstecken",
und was bereits „Kinder im Wald auszusetzen"?

Und überhaupt, was ist Moral dieser Geschicht?
Esst Eier nicht roh, weil das schmeckt einfach nicht.

DISNEYLAND REUNION

Disneyland. Punkt Mitternacht,
als niemand mehr am Gitter wacht,
die Achterbahn ins Nest gebettet,
Mitarbeiter festgekettet.

Finster ist's und auch arschkalt,
die Kinderkotze am Asphalt,
von ei'm, der's nicht zu halten wusste,
trägt schon eine harte Kruste.

Doch da im Schutz der Dunkelheit,
schleichen sich plötzlich ein dutzend Gestalten,
flink über's Drehkreuz hinweg, durch die Spalten,
zweie die fliegen, ein andrer zu Ross,
ihr Ziel ist dasselbe, sie stürmen das Schloss.

Doch wer sie wohl sind, die im Turme nun oben
mit Schampus Eröffnung des Festes geloben?

Es sind all die Disney-Protagonisten,
all die One-Hit-Wonder, jed Star von gestern,
sogar Cinderellas verkrüppelte Schwestern,
versammelt hier im Turme, denn
es ist Disneyland Reunion!

Doch statt dass jeder vergnügt wär und munter,
herrscht Stimmung wie im Führerbunker.

Dumbo zum Beispiel erlitt vom Schicksal manch Schläge,
das Antlitz voll Narben, der Körper ganz träge,
durchlöchert sind die großen Ohren,
ins Leere stiert er ganz verloren.

Nun, nach dem Aus der Filmkarrier,
ging er direkt zum Militär,
und heut fliegt Dumbo, o welch Drama,
brav als Drohne für Obama.

Arielle erging's nicht besser:
Einst schwamm sie durch trüb Gewässer,
da stieß sie auf ein' Delphin,
der sprach: „Schöne Frau, wo wolln'S denn hin?"

Und er, der trunken und recht reudig,
schändete die Fischfrau freudig.
Denn enger war, in was er kroch,
als seiner Gattin Atemloch.
Ihr Vater sprach draufhin jedoch:

„Geschah's dir recht, das sag ich nur,
schwimmst herum wie d'größte Hur,
bekleidet nur mit Muschelschalen,
nun musst du halt den Preis bezahlen:
Auf ewig raus aus meinem Heim,
denn Meerjungfraun solln Jungfrau sein!"

Peter Pan blickt voller Neid
auf die geschändet Meeresmaid,
denn er, erstarrt in ewger Jugend,
Kinderlähmung könnt man's nennen,
war lang verurteilt zu der Tugend,
nie die Fleischeslust zu kennen.

Denn wer will schon solch jungen Knaben,
und sich an seinem Leibe laben?
Nur ein solch Ort war ihm bekannt,
drum wurd der Peter Ministrant.

Schneewittchen, einst die Schönste im Land,
ihr heute doch am Antlitz prangt
ein Meer aus Zysten voller Eiter,
ihre Brüste hängen heiter
auseinand in weiter Biegung,
zwischen ihnen Zeitverschiebung.

Ganz anders die Schenkel, die können's nicht meiden,
sich so nah beieinand stetens blutig zu reiben,
da eins ihrer Beine wie viere sonst dick –
zwei Schenkel, ein Sinnbild, Palästinakonflikt.

Quasimodo wirkt hingegen
wie ein Traumprinz, doch von wegen,
ihm erging es auch nicht besser,
der Croissant- und Froschbeinfresser
emigrierte nach Russland, et parbleu!
Lebt dort unter dem Decknamen Gerard Depardieu.

Auch Pocahontas war nach Disneys
Film mit ihr schnell aus dem Business,
ihre Laufbahn nach dem Kino
war Reservat und dann Casino.

Aladin, voll Menschengüte,
dacht sich: „Schau, wie Kriege wüten!
Diese Flüchtlinge, die schlepp ich,
übers Meer mit meinem Teppich!"
Tja, falscher Ort und falsche Stelle,
Grenzkontrolle, Einzelzelle.

Dornröschen war nach erweckendem Kuss
dem Prinzen zu munter, drum dacht er: „Ich muss
was finden, das sie neu in Schlafe versetzt!"
KO-Tropfen warn's, doch im Maße verschätzt.
Nun ist sie tot, und nicht mehr so mobil,
zum Glück ist der Prinz seit jeher nekrophil.

Nur Mogli steht da goldbehangen,
dem ist's doch recht gut ergangen,
seit die Kameras ihn verließen.
Wohnt zwar noch in Urwaldtiefen,
wo er verbracht die Kinderjahr,
doch heut ist Mogli Wilderer.

Die Tiere, die einst Freund ihm schienen,
häutet er wie Mandarinen,
höhlt sie aus wie Avocado,
spielt mit Elfenbein Mikado.

„Und Bambi?“, fragt nun Cinderella,
da senkt ein jeder Blick zum Teller,
und stochert in seim Wildgulasch,
aus dem ein milds Aroma schäumt,
„Gott sei Dank“, sagt's gschwind und lacht,
„ich dacht, er hätt das Fest versäumt!“

Am nächsten Morgen fehlt erneut jede Spur
von dem nächtlichen Treiben, der Turm schlägt neun Uhr,
der Besucherstrom schwillt, die Touristen sind los,
nur eins bleibt zurück, eins scheint kurios,
und trübt das Geschäft, des Freizeitparks Business,
denn lichterloh brennt die Statue Walt Disneys.

Ein seltsamer Anblick, der Passanten sich bot,
die Statue beschossen mit Granaten und Schrot
und sehr viel Elefantenkot.

Und darunter, da stand in frakturener Schrift:
„Du versprachst uns einst Träume, und gabst uns nur Gift.
Drum, Walt, pass auf, du elendiger Wixer.
Disney ist tot und lang lebe Pixar!“

III. HERZKAMMERSPIELE

Die Liebe. Eine an sich großartige Sache, welche jedoch manchmal das Schlimmste aus einem Menschen hervorkehrt. Wie ein verdorbenes Fischbuffet. Oder Crystal Meth. Doch bis zum vorprogrammierten Absturz genießt man verliebt einen schier übermenschlichen Zustand. Man benötigt weder Schlaf noch Nahrung und steckt fest in einem Teufelskreis aus Freundlichkeit. Man verspürt plötzlich nicht mehr das Bedürfnis, Kassierer anzubrüllen oder Kellnern das Bein zu stellen. Diese rächen sich dann naturgemäß, indem sie einem mit völlig atypischem Wohlwollen begegnen. Und dennoch ist die Liebe die beste Geisteskrankheit, die man sich nur wünschen kann.

Doch seh ich sie immer öfter mit Füßen getreten. Denn wer zelebriert heute noch die Liebe auf den tragischen Graten von Sehnsucht und Verzweiflung? Niemand geht mehr ins Wasser, man geht in die Therme. Niemand nimmt mehr Gift, obwohl das vegan. Und immer weniger junge Menschen legen sich verschmäht die blau-gelbe Werthertracht an, um sich selbst zu richten. Nein, heute kennt man diese Farbkombination nur mehr von der scheußlichen Ikea-Fassade, wo Pärchen noch schnell ein Magnetboard kaufen, um darauf ihre Träume zu notieren, die so tief gestapelt sind, dass sie sich geradezu erfüllen müssen.

Nur scheinbar spalten sich die heutigen Arten zu lieben in zwei Lager. Die einen frönen jedes Wochenende der Hurerei, die anderen geben sich noch in der angebrunzten Sandkiste den Schwur fürs Leben. Doch eines eint sie beide und sperrt sie in die Schublade ein und desselben Billy-Regals: Ihre unbeschreibliche, abstoßende Feigheit. Die Furcht, sich so zu verlieben, dass einem erst einmal vierzehn Tage lang der Schädel wackelt, bevor man wieder halbwegs dazu imstande ist, einfache Tätigkeiten und hygienische Basisprozeduren auszuführen.

Die einen glauben, den Richtigen gefunden zu haben. Die anderen hoffen, ihn niemals zu finden. Die ersteren sind die panischen Hysteriker, die Präventivkastraten. Die letzteren sagen, man wolle sich noch etwas umschauen. Man schaut sich um, wenn man die Straße überquert, nicht, wenn man sich verliebt! Man hat mehr und mehr Scheu, sich ein Leben lang an einen einzigen Menschen zu binden. Doch wozu die Angst, denn wer richtig liebt, der lebt auch nicht lang. Wir haben nur sieben Liter Blut zu verlieren. Wem dutzende Male das Herz bricht und er doch daran nicht verblutet, muss sich fragen, ob er vielleicht nur halben Herzens bei der Sache ist. Denn genau das sind sie. Man liebt, wenn überhaupt, nur mehr mit Stützrädern und Schwimmflügerln.

Die daraus entwachsene Pestbeule der Postmoderne ist die Polyamorie. Ein Wort, das nicht zu Unrecht wie eine medizinische Diagnose anmutet. Dabei handelt es sich jedoch nicht um einen Liebhaber von Polio-Kranken, sondern es beschreibt die vermeintliche Liebe zu zwei oder mehreren Personen und dies, so der Zusatzparagraph, welcher die eigentliche Verwerflichkeit der Beule bedeutet, im vollen Einverständnis aller gleichberechtigter Partner. Die unwahrscheinlichsten Dinge können simultan gefühlt oder ausgeführt werden. Wir alle haben, und das nicht ohne diebische Freude, schon einmal gegessen, während wir auf der Toilette saßen. Wir alle erhoben schon die Faust gen Himmel, wenn wir zeitgleich noch Hunger und schon Übelkeit vom Überfressen empfanden. Ich persönlich beherrsche die seltene Kunst, im linken Mundwinkel an einer Zigarette zu ziehen und rechts einen Asthmaspray zu inhalieren. Aber niemals, niemals wird man im Stande sein, zwei Menschen zur selben Zeit gleichermaßen zu lieben.

Solcherlei Multitasking geht schließlich stets mit verminderter Qualität der jeweilig ausgeübten Tätigkeiten einher. Wie etwa Kinder betrunken vom Kindergarten abholen. Der teuer abgefüllte Rausch wird durch die Anwesenheit von Kindern, dieser ewig nüchternen Spielverderber, sehr beeinträchtigt, da sie sich auf einer anderen Diskursebene als Betrunkene befinden. Warum da Wirt am Vormittag zua hat und wieso die Oide so deppert is, das sind philosophische Fragen, die den empathielosen Kindskopf übersteigen. Doch auch für das Kind entfaltet das Abgeholtwerden nicht die volle elterliche Zuneigung, wenn der Vater dem falschen Kind um den Hals fällt und ihm dann hinterrücks in die Schultasche speibt. Doch genau das ist Polyamorie, nichts weiter als romantisches ADHS und eine wahre Bedrohung für unser gesellschaftliches Zusammenleben.

Denn offene Beziehungen zerstören die Grundpfeiler unserer Kultur und das großartigste Geschenk der Evolution, das uns überhaupt erst zu Menschen macht: Nämlich unsere Gabe, schamlos zu betrügen und zu lügen, dass sich der Balkan biegt. Wenn einstens die plumpe Treulosigkeit über die raffinierte Untreue siegt, werden wir innerhalb weniger Generationen nicht einmal mehr zu der kleinsten Notlüge imstande sein. Wir werden auf die Frage „Wie geht's?“ minutenlange Abhandlungen über unsere Darmflora halten. Ewige Treue liegt uns vielleicht nicht im Blut. Doch Schamlosigkeit genauso wenig.

Der Gatte legt sich eine Maitresse zu, wenn ihm die Schamlippen seiner Frau wie Saloontüren im Wilden Westen erscheinen, die nach dem Verlassen noch ein paar Mal auf- und zuschwingen. Und die Gattin vergnügt sich mit einem Lustknaben, da sie bei ihrem Mann nicht mehr erkennen kann, wo seine diversen Kinne aufhören und wo die Bauchfalten beginnen. Erwischt man sich dann in flagranti, wird zumeist einer aus diesem lustigen Vierergespann erschlagen, jedoch weniger aus Eifersucht, denn aus Höflichkeit. Man will dem Partner schließlich nicht enthüllen, wie herzlich wuascht einem Betrug in Wahrheit ist. Maîtressen und Lustknaben heiraten sich dann irgendwann gegenseitig, werden ihrerseits zu Gatten und Gattinnen und suchen sich sogleich wieder attraktivere Gespielinnen und Gespielen. Das ist der Kreislauf des Liebens und verdammt, es funktioniert.

Denn die Liebe braucht nicht etwa gleichmütige Toleranz, sondern Hindernisse und einen Hauch Unmöglichkeit. Wie die Liebe zwischen einem Nekrophilen und einem Untoten. Hätten sich die Häuser Capulet und Montague nicht die Krätze an den Hals gewünscht, wären Romeo und Julia an einander so interessiert gewesen wie ein Dialysepatient an einem Spenderblinddarm. Gut, sie wären auch noch am Leben, doch zu welchem Preis? Dem der tödlichen Langeweile.

In der Liebe und im Krieg ist alles erlaubt. Aber wieso werden dann die Kriege immer hinterfotziger und die Liebe immer sittlicher? Kehrt das gefälligst um! Verstrickt Euch mal mit Euren Staatsfeinden in stundenlange Diskussionen um gegenseitiges Einverständnis und waterboardet dafür Eure Konkurrenten in der Liebe. Und bitte geht und behandelt Eure offenen Schädelbrüche einer Beziehung.

DER LETZTE ABENDGEMAHL

Der letzte Abendgemahl,
den ich mir als Gast geladen,
liegt aufgebahrt im Speisesaal.
Er ruht – ich wag ihm kaum zu sagen:

„Schlaf, mein Prinz, ich weck dich dann,
wenn's angerichtet werden kann."

Lang schon verzehrt ich mich nach ihm,
liegt unbeschwert voll Formalin,
damit ihm ja nicht wehgetan,
er nun vor mir auf Porzellan.

Vorzüglich Liebe sich gesteht,
wenn sie durch den Magen geht,
und sorgsam aufgereiht Gedeck,
für jeds Organ das recht Besteck.

Zwar ist mein Dinner stets for one,
doch speis ich gerne die Gesellschaft,
wird manchem gar auch schlecht davon,
wenn beim Diner Gesell noch hellwacht.

Ergeht's heut auch so Liebsten meinem,
ist Mundschenk sowie Mahl in einem.

Rache wird gern kalt serviert,
doch da's mich nicht nach Rache giert,
genieß ich dich warmblütiger.

Ein Festmahl ist's mir nicht allein,
auch jedem Analytiker.
Der mag's als krank und irr verschrein,
und nennt es Fall von Hysterie,
was mir nur Wiener Patisserie.

Die Liebe ist ein schwarzes Loch,
frisst Zeit und Raum – ja und dennoch
bleibt ihr Hunger unersättlich,
schreit immerzu doch: „Ach, was hätt ich
gern von dem und dem noch mehr!“

Oft setzt Geliebter sich zur Wehr,
denn wilder Vogel ist die Liebe,
der festgehalten niemals bliebe,
doch hält man ihn nur fest genug,
vergeht mit Zeit die Lust am Flug.

So kann man Liebe sehr wohl zähmen,
sie ist ein Geben und ein Nehmen,
mich deucht, du bist mit Geben dran,
weil ich nunmal nur nehmen kann.

Und bist du nicht willig,
so brauch ich Gewalt,
dein Fleisch ist auch billig,
mit Nährstoffgehalt,

drum wehr dich nicht, mein köstlich Knabe,
aus freien Stücken will ich Gabe,
denn Wermutstropfen wär mir Wehmut,
weil Wehklang mir im Herzen weh tut.

Doch stillzuhalten längstens schwört er.
Hängst willenlos du nicht am Körper?
Hältst den Schmerz gar so im Zaum?
Wärst du ein Christ? Man schmeckt es kaum.

Nein, reizend bist du und auch spreizbar,
dass dich zu teiln ich voller Geiz war,
heißt nicht, dass zu zerteiln ich scheu
die Glieder, die sich einst so treu.

Und handverlesne kleine Häppchen
gewandt ich lös aus meinem Schätzchen.
Wer dacht, dass ich den Bräutigam
so sacht und sachlich häuten kann?
Die Haut, die saß so angegossen,
wird nun verdaut und roh genossen.

Hänsel, streck mir her den Finger!
Auch schmächtig lieb dich nicht geringer.
Wer schaut dich Zaren da so liegen,
muss dich mit Haut und Haaren lieben.

Denn wohin kämen wir denn da,
wenn Liebe nicht unfehlbar war?

Aug um Aug und Wahn um Wahn,
dein Fleisch umschmeichelt Schneidezahn,
ob Kuss, ob Biss, was macht es schon?
Denn du, mein liebster Gottessohn,
versprichst uns doch zu jeder Messe,
solch morbid Delikatesse.

Sagtest uns doch: „Hier, mein' Leib
gereich ich euch zum Leidvertreib,
und hier mein Blut, trinkt's aus dem Kelch!"

Wo bleiben nur die andren elf?
Bin leider zwar zwölf Jünger arm,
doch weid ich dir Zwölffingerdarm,
mit den blanken Pranken leer.

Ach, wie wiegt das Kleinod schwer,
leg ich's um Hals und Schultern über,
und spazier im Spiegelglas vorüber.

Oh, ich trag dein Bauchfell schön,
willst Venus in dem Pelze spähn,
eh dir die Sinne noch vergehn?
Hast dich am Hunger sattgesehn?

Gebührt nun mir der Augenschmaus!
Doch flüchtig, wie dein Blick da ist,
schaut über'n Tellerand hinaus,
und senkt sich drauf zu Boden trist.

Da nun im Staub das eine brach lag,
gönn ich mir einen Augennachschlag.
Nun ist die Liebe vollends blind,
von Lippen blaue Iris rinnt.

Inzwischen führ ich ihm zum Munde
Bissen aus der eignen Wunde,
genug ist da, getrost vom Tode,
gereich ich ihm zu kosten Probe,
und seh ich da, wie mein Narziss
sich mir zuliebe selber isst.

Welch kühle Blässe trägst du, Junge,
fühlst du noch Nässe meiner Zunge,
wenn ich durch's pochend Mark sie bahne,
durch deiner Knochen Marzipane?

Geschwind, es bleibt nicht mehr viel Zeit.
Kind, halt mir deinen Leib bereit!
Geweckt vom Klang des Engelschor,
reckt fromm und bang sich hoch empor

die Geilheit aufs Elysium,
und was er feilhält, stieß ich drum,
ebenso mir tief in Leib,
wie ich in ihm die Hände weich.

Ich in dir und du in mir,
wer hieße mich noch Ungetier,
der sah solch Hingab Dimension,
die Liebe in der Perfektion.

Doch da, im Flammenschein der Kerzen,
seh Kammerdiener seines Herzen
salutiern mit letztem Schlag.

Drauf ich der Mäßigung entsag,
und immer tiefer, immer tiefer,
tief hinein ins warme Nass,
schmerzt auch schon mein ganzer Kiefer,
tiefer wühle ich im Fass!

Da plötzlich komm ich zur Vernunft,
zerschellt des Hirnes Unterkunft,
durch zerebralen Zerberus,
die Schädeldecke sickert Fluss,
aus dem nun weißes Unheil klafft,
verzehr ich reine Urteilskraft.

Grad noch aller Dinge Maß,
nun degradiert zum Fingerfraß.
Drauf ich mit deinem Totentuch
mein rotbeflecktes Mündchen such.

Ihr scheltet dies wohl Heuchelei,
Kultur inmitten Barbarei,
werft gern nach mir den ersten Stein,
doch Manieren müssen sein.

FARCE AMATORIA

Einst traf ich einen jungen Herrn,
und kaum, dass ich ihn kennen lern,
wie es kommen musste, kam's:
Sacht überstieg er Rubikon
meines Eisprinzessincharmes,
und dacht sich dreist: „Ach, Bubi, komm,
bös wie in Texten ist die nimmer,
auf Bühnen tun sie immer schlimmer,
als sie dann in Wahrheit sind.
Das ist bestimmt ein liebes Kind,
zwar von einem andren Stern,
doch birgt die Schale weichen Kern."

So spie er aus, was ihn beschlich,
gestand mir leis: „Ich liebe dich."
„Schon gut", sagt ich, „doch was schert's mich?
Ist's deine eigene Empfindung,
welch zerebrale Cortexwindung
bewirkt, dass ich mich nun befände
im Narrenhaus deiner Herzenswände?"

Sein frisch gepresster Augensaft
ihm gischtend aus den Äuglein klafft.

Mit Emotionen überfordert,
hab ich die Tränen rückbeordert –
mittels Schlag ins Angesicht,
doch solch Erklärung beigemischt:

„Was nützt mir denn dein Stepptanzherz,
kauft's mir doch keinen Eisbärennerz,
da der Organe Schwarzmarktpreis
im Sturzflug stetig abwärts kreist?"

Er wischt den Rotzlipgloss vom Mund,
tut kund mit Vorwitz Geistesschwund:

„Wenn Innerein dir auch nicht taugen,
schlacht dennoch meinen Körper aus:
Dien dir als Knecht in Schweißeslaugen,
im Fall des Sexualtriebstaus.“

Da trifft ihn auch schon zweiter Schlag,
doch ich dabei ihm heiter sag,
tätschle ihn liebevoll wie Mutter
Theresa die Armen in Kalkutta:

„Schuster, bleib bei deinen Leisten!
Die vom Schustern ganz verschleißten
Lenden wagst mir anzutragen,
die mir so tief in Gaumen ragen,
dass es den falschen G-Punkt regt,
mir vielmehr auf den Magen schlägt!“

Ihr ahnt, mein Sinn für die Romantik
beschränkt sich auf die Verssemantik.
Ansonsten bleib ich gern verschont
von dem, was Euch im Herzen thront.

Die Liebe ist nach dem Faschismus
der Menschheit größter Idiotismus.

Zwei Menschlein, ganz für sich allein,
mögen recht gelungen sein,
die Verschmelzung hätte da –
wie Alien vs. Predator –
Inflationssturz als Ergebnis,
Gemeinsamkeit ist kein Erstrebnis.

Wisst Ihr, das, was Ihr Liebe nennt,
ist etwas, das vor 1800
kein Schwein in diesem Sinne kennt?

Erfindung, soziologisches Phänomen,
den armen Klassen recht bequem,
der Aristokrat schloss Ehen aus Geld,
doch wenn Finanzfaktor entfällt …

Hm ... wie begründen wir nun Triebe?
Ach was, wir nennen's einfach Liebe!
Das klingt so göttlich und idyllisch,
und zudem ist Liebe billig.

Denn Geld kann keine Liebe kaufen.
Wer würde denn auch solches wollen?
Würd ich im Geldspeicher, im vollen,
an meinem Reichtumsmeer ersaufen,
wüsst ich Bessres zu erwerben,
als am Herzpfosten neue Kerben.

Doch wird im Leben nichts geschenkt,
selbst wer sich lebensmüd erhängt,
muss sich besorgen teuren Strick.
Verschuldet noch den Hals und Kragen,
die bald im teuren Stricke lagen.

Aber Liebe wäre gratis,
wenn da kein Haken nur vergrabn ist,
der wie dem Fisch, den Angler fällt,
von innen aus den Augen quellt.

Ihr wollt es eh so recht nicht glauben,
dass außer Eheschluss im Osten
der Partner euch nichts möge kosten.
Schaut deshalb Ihr geschenktem Gaul,
so oft Ihr könnt, in dessen Maul?

Ihr vom Turteln schon ganz Tauben,
zungenlähmend Gaumenschrauben
schraubt Ihr taub Euch in den Mund,
archäologisch und penibel.
Sagt, hofft Ihr dort auf güldnen Fund,
an fremder Gaumen Deckengiebel?

Leckt Euch den Zahnschmelz von den Beißern,
um so billigst sie zu weißern?
Oder sucht Ihr gratis Plomben
in fremden Rachenkatakomben?

Welchen Nutzen hat ein Kuss,
so ein klebrig Klettverschluss?
Nur zwein läuft Speichel über Lippen,
nach dem sie dürstend selbst noch nippen,

oder entfernen mit den Händen:
Verstandsverkrüppelte Verliebte
oder Schlaganfallpatienten,
beides doch Gehirnentsiebte.

Doch liebet gefälligst Euren Nächsten,
Euch Kirchenleut ins Hirne frästen.
Doch Du, mit diesem Buch in Händ,
der quasi sich mein Nächster nennt ...

Dich mag ich beispielsweis schon nicht,
dich lieben gar wär größte Last,
wenn ich mich denn schon selber hass,
wie sollt ich denn da andre lieben?

(Und bin ich immer noch das Beste,
was dieses Erdenrund so mästet.)

Doch Menschenliebe allgemein
scheint Eure Stärke nicht zu sein,
mögt umso hysterischer gebärden
Euch in kleinsten Zweierherden.

Jed Siamesenzwilling – trennt Ihr,
human geläutert stets bekennt Ihr:
Der Nazi-Arzt, der Mengele,
das war kein Unschuldsengele,

Menschen aneinand zu nähn,
mag besser nie mehr uns geschehn.
Und jetzt? Euch könnt der Mengele nicht trennen!
Mögt Körper ineinander stemmen

wie Puzzleteile, die nicht passen,
Euch stundenlang die Schweißhand fassen,
spricht im pluralis debilis,
aus Euch nur Lust und Syphilis.

Oh, es hat ein Vöglein mir getwittert,
dass Amor Euch die Herzen stahl,
glaubt nun nicht, ich wär verbittert,
doch Hashtag #ist_mir_scheißegal!

Reicht es Euch denn nicht, schmierpfötig
das Minenmundwerk auszuloten?
Ist's denn dabei auch noch nötig,
stets die Umwelt liebzukoten

mit Euren Schmuserein und Schwüren,
die Geschwüre doch nur schüren?
Wenn einen Rat ich geben darf:
Please, make art! Do not make love.

GALATEA

Die griechische Mythologie erzählt die Geschichte des Bildhauers Pygmalion, der nach ein paar unglücklichen Liebschaften den liederlichen Ludern, die alle Weiberleut nun einmal sind, endgültig den Rücken kehrt. Stattdessen erschafft er sich die perfekte Frau aus Elfenbein, in welche er sich sogleich unsterblich verliebt. Gerührt von diesem jämmerlichen Schauspiel erweckt Venus die Statue zum Leben und schenkt Pygmalion Galatea zur Frau. Hier endet der Mythos. Doch wir können uns vorstellen, wie lange diese Beziehung gut ging. Denn alles Begehren erlischt bekanntlich mit dem Besitz. Drum lauschen wir einmal, was Pygmalion seiner liebsten Galatea nur eine Woche nach ihrer glücklichen Vereinigung noch zu sagen hat:

O Galatea, Galatea,
du fragst, vom Laudanum schon lieblich benommen,
wie's von Liebeslaudatio nun dazu gekommen,

dass ich nun begann, dich vom Kopf bis zu Füßen,
vom Schopf bis zur Schamschlucht in Ton einzugießen,
nachdem ich erkannt, bist kein Labsal, nur Laster,
weshalb ich dich nun in Gestein zurückpflaster.

Tja, wie soll ich's erklären, auf dass' dich nicht kränkt?
Ich hätt dich zu oft und zu gern schon ertränkt,
deine Unwichtigkeit mit Gewichten behängt
und dich dann als Flussleich beim Froschlaich versenkt.

Doch taugtest ja nicht mal als Ophelia zur Muse,
mit Ratten im Haar und Aalen in der Bluse.
Dich schmählich verschwendeter Rohstoff an Haut
hätt selbst gierigster Fluss wohl nur schwerlich verdaut.

Nun wird mir licht, wie mocht Orpheus sich umschaun,
zwar opfert ich Lämmer und dutzende Jungfraun,
bis Venus dich menschlich für mich aus dem Stein stahl,
doch kann man ja irren und einmal ist keinmal.

Denn Amor bricht Schwüre, die Marmor nur hält,
und glaube mir Kind, wärst entsetzlich entstellt,
in Bälde als Selchfleisch am Gerbstuhl der Zeit,
hätt vor des Weibes Verwesung ich dich nicht gefeit.

Drum gieß dir Schrein aus hellstem Stein,
ich schließ dich ein in Elfenbein
und weine ruhig in den Zement,
der Wasser nicht von Zähren trennt,
und schrei ruhig aus dem Kieferschacht,
eh dir in Mund der Schiefer lacht.

Denn kaum, dass porös fiel ein Stein dir vom Herzen,
wollt erneut dich befülln mit Geröll und mit Erzen,
denn Galatea, du leckst, wie ein kenternder Fährkahn,
mit so manch Saft, wo nicht weiß, wo er herkam.

Vermagst nicht zu glauben, wie's mir vor dir geekelt,
als sich mein Fleisch einst in deinem verhäkelt.
Vom Apfel entleerte Aughöhl des Zyklopen
penetrierte ich lieber als dich auszuloten.

Als Stein warst du kalt und von adliger Blässe,
doch schließlich am Leben, warm, triefend vor Nässe,
als Mitgift da brachtst du das Gift von Kadavern,
ich weiß ja, es schickt nicht mit Göttern zu hadern ...

Doch Venus! Du philantropestverseuchte Maitresse der Philister!
Du syphilisschwangere Brut von Geschwistern!

Soufflierst meiner Muse den Hauch allen Lebens,
verwirkst mir jed Wirken, das nunmehr vergebens,
da mir ihre Gunst fortan lacht aus den Lidern,
was konnt ich schon andres als ihr zu erwidern:

Ja, Galatea, dann liebe mich innig und mein Sehnen, oh, still es,
wenn's gelüstet zu sehn dich die Trän des Achilles,
weil deine Durchschnittlichkeit sein Sehnen durchschnitt,
und er jed deiner Verse wie einen Fersentritt litt.

Nun friss ihn, den Mörtel, und friss ihn mit Lust,
es geb dir der Tod, was ich zu gebn nicht gewusst.
Was soll mir die Liebe, solch phlegmatisches Fieber,
das die Zunge verätzt wie ein Schluck aus dem Tiber?

Sei hermetisch gestillt dein harmonisch Bedürfnis,
doch Kunst findt nur Frieden in Zwist und Zerwürfnis.
Auf dass du mir nun an dem Steine nicht scharrst!
Und Galatea, die Bitte: Stirb und werd, wer du warst!

IV. FPÖ (FAUX-PAS ÖSTERREICH)

Kaum etwas empört den Österreicher mehr, als wenn man an seiner Bundeshymne herumpfuscht. Jetzt hat er die alte schon nie gelernt! Wie soll er sich dann erst die neue merken? Und außerdem: Töchter und Söhne! Das wäre jetzt nicht mehr rhythmisch, haben sie geraunzt, diese metrischen Feinspitze, die es gewohnt sind, im Kanon eines perfekt getakteten Humpapa auf den Wirtshausböden zu kollabieren. Doch die anderen Vorschläge waren ihnen ja auch zuwider. Was soll denn bitte ein Tochtersohn sein? Na so was zum Beispiel, meinte man, und zeigte auf die bärtige Frau. Das hat die Gemüter allerdings nicht besänftigt.

Jaja, der Österreicher gebiert sich gerne einmal so rückständig wie eine griechische Kreditzahlung und so konservativ wie Tupperware. Und alles, was fremd ist, verdirbt ihm den Spaß. Wen der Bauer nicht kennt, den hat er schon gfressn. Um ihn zu erzürnen, reicht es sogar oft schon, wenn man zwei ihm bekannte und geschätzte Dinge ungewohnt miteinander kombiniert. Der erste Versuch, Vanilleeis mit Kernöl zu servieren, endete in einem Blutbad. Zuerst musste natürlich der experimentierfreudige Wirt dran glauben, den man mit dem entweihten Kernöl übergoß und wie einen Ketzer in Brand steckte. Doch die Unruhen breiteten sich weiter aus und letztlich wurde dieses kleine steirische Dorf fast vollständig ausgelöscht.

Besonders im Umgang mit fremden Kulturen tun wir uns oft schwer. Wenn sich die Aischa das ganze Kopferl bandagiert, ist die Mitzi so geschockt, dass sie sich erst einmal wie ein Vogel Strauß in ihrem vom Dirndl bis unters Kinn geschnürten Dekolleté ausruhen muss. Schließlich handelt es sich bei solcher Kleidung um entwürdigende Diskriminierung. Wir sind stolz auf unsere Freiheit, dass Frauen hierzulande tragen dürfen, was sie wollen. Und als Ausdruck dieser Freiheit verbieten wir wiederum anderen, zu tragen, was die wollen. Und am besten trägt frau ja immer noch nichts. Wie die Weiberleit in der Kronenzeitung auf Seite 3. Die kann man sich dann sogar im Internet in der 360°-Perspektive ansehen, um in jede Falte ihres emanzipierten Körpers zu kriechen.

Nun, Multikulti liegt uns eben nicht besonders. Das ist wie ein Multivitaminsaft: Nett gemeint und sicher irgendwie gesund, doch letztlich schmeckt man keine der Früchte mehr heraus und alles endet in einem anarchischen Sud. Besser, sich auf eine Frucht zu konzentrieren, und sie so lange rein zu züchten, bis sie genetisch zum Übermenschen mutiert. Der heutige Mops, dem gerne einmal lasziv ein Auge aus der Schädelhöhle rutscht, sowie Karl II., der letzte spanische Habsburger, dessen Gesicht selbst der Wasserkopfabteilung des Salzburger Haus der Natur zu exzentrisch wäre, sind wohl die besten Beispiele für die Effizienz dieser Methode.

Doch was ist zu tun? Sollen wir uns tatsächlich abschotten und die kanonenverschneiten Alpen mit unüberwindbaren Wällen aus zu lange herumgesessenen Snowboardern zubasteln? Oder sollen wir die Arme ausbreiten und höhnisch sogar jene aufnehmen, an deren elender Situation wir mitbeteiligt sind? Ich kann verstehen, dass in dieser Frage manche verwirrt sind. Wenn wir aus Europa austreten und einfach nur für uns bleiben wollen, werden wir ausgeschimpft. Wenn wir aber ganz Europa annektieren und quasi alle aufnehmen wollen, werden wir auch ausgeschimpft. Wie man es macht, macht man's falsch.

Manche dieser heillos Verwirrten schlossen sich deshalb zu einem tapferen Bund zusammen, im Kampf um Volk und Vaterland. Dabei handelt es sich jedoch weniger um eine politische Partei, denn um eine religiöse Gemeinschaft, angeführt von einer heiligen Dreifaltigkeit. Der Vater, der im Himmel über Kärnten wacht. Der verlorene Sohn, der in die Welt aufbrach, die Lehren des Vaters zu verbreiten. Und der Heilige Geist, der für diverses Wundern zuständig ist. Scharen dutzender Jünger sind begeistert von den feurigen Reden des Sohns, die er oft völlig im Öl von einem Berg herab hält. Sie huldigen Zeichen des Vaters, wie etwa einsprachige Ortsnamen, die in Tafeln aus Stein gemeißelt sind. Und sie verfechten den Wunsch des Heiligen Geistes, endgültig das Meer zu teilen und Flüchtlinge mit einigen Manner Schnitten wieder in die Wüste zurückzuschicken.

Gut, so seltsam diese Lehren anmuten, auch ich hege tatsächlich so meine Zweifel, dass wir mehr Flüchtlinge aufzunehmen imstande sind. Doch sorgt mich dabei nicht so sehr das Wohl des Landes, sondern das der Ankömmlinge. Österreich mit Flüchtlingen zu betrauen ist ein wenig wie ein Kind nach der Scheidung in die Obhut des crackssüchtigen Alkoholikervaters zu geben. Selbst im unwahrscheinlichen Fall, dass er sich anfangs aufgrund einer gerade frisch gespritzten Dosis über das neue Spielzeug freut, wird er kurz darauf versuchen, es gegen Tschick und Uhudler einzutauschen.

Zudem ist das Ökosystem unserer Republik kein besonders fremdenfreundlicher Ort. Kein nicht-österreichisches Immunsystem ist dem Verzehr von mehr als einer Mozartkugel gewachsen, ohne kurze Zeit später einen dreifarbigen Regenbogen aus Marzipan, Nougat und Schokolade zu retournieren. Besucher fremder Staaten, deren heimatliche Landschaften keine Alpen aufweisen, sondern höchstens ein paar Hügelchen in der Form ungleich verwachsener Brüste pubertierender Mädchen, müssten schon am Gipfel des Dachsteins mit Sauerstoff beatmet werden. Und wer das grantelnde Klima nicht gewohnt ist, riskiert hier schnell einmal eine gehörige Depression. Für den Österreicher ist es normal, wie Goethes Gretchen konstant herumzuspinnen und sich insgeheim nach einer ÖBB Nachteilscard zu sehnen. In unserer Verfassung ist schließlich verankert, jedem gebühre das Recht des pursuit of unhappiness und auch im größten Glück zu sempern.

Daher fürchtet Euch nicht, Ihr wackeren Streitkämpfer des Abendlandes. Ehe Euch ein Ausländer Eure Frau stiehlt, ist diese schon dreimal mit dem Postler durchgebrannt. Immer wird es in unserem Land weniger Zigeuner denn gleichnamige

Schnitzel geben. Und wenngleich Euch das Schnitzel vielleicht nicht bestiehlt, so ist die Aussicht, davon zu sterben, höher, als durch die Hand seines Namenspatrons. Und wann immer die Furcht um die Heimat tief in Eurer Brust zu schmerzen beginnt und die Lust sich regt, ihren Schoß vor Eindringlingen zu bewahren und die umliegenden Vaterländer zu bombardieren, tröstet Euch mit der Gewissheit, dass dieser (wie jeder anderen) Empfindung wohl nur ein ödipaler Konflikt zugrunde liegt. Also macht Euch besser einmal einen schönen Abend mit der Frau Mutter, und auch Ihr werdet von der friedlichen Seligkeit zugekiffter, linkslinker Toren zu kosten vermögen.

Anmerkung an die Nachwelt:
Die folgenden Texte wurden im Zeitraum Februar bis Dezember 2016 verfasst. Eine Zeit ungewollter Geschichtsträchtigkeit im Lande Österreich, als chronische Unentschlossenheit und Klumpatkleber aus dem Ausland eine geschmeidige Bundespräsidentenwahl vereitelten. Die Schlacht zwischen dem ehemals grünen Dr. Van der Bellen und dem blauen Ingenieur Hofer zerrüttete Gemeinden, Ehen und Stammtische. Niemals zuvor wurde das mehr oder minder irrelevante Amt des Bundespräsidenten, der eigentlich tagein tagaus nur die Zehen in Kakao stecken und in den Gatsch hupfen darf, so hysterisch medialisiert. Dies schlug sich in einer politischen Radikalisierung der Bevölkerung und vermehrten Reizdarmbeschwerden nieder. Der erste Wahlsieg Van der Bellens wurde angefochten, der Ersatztermin verschoben, und letztlich exakt dasselbe Ergebnis erzielt. Das war nicht jedem Recht, doch zum Glück vergisst der Österreicher aufgrund minderwertiger Obstler recht schnell. Die Wogen glätteten sich und man schwor wieder gemeinsam Treue dem ehrwürdig apathischen Motto unseres Landes: „Es is, wia's is."

HATSCHE STRATSCHE LUFTBALLON

Über Brüssel thront ein Auge,
auf dem Mast des Parlaments,
und tumber Tor ist nur, wer glaube,
dass Ihr dem Aug entwischen kennt's.

Denn alles, was sein Blick berührt,
es unter seiner Fuchtel führt.
Es prangt das Auge, arisch blau,
streift jede Stadt, streift jede Au.

Es waß, wo's drinnen rauchen tan,
und wie krumm Eure Gurken san.
Es waß, wer z'bled für Pisa is,
und wo daham bei manchem Gfries
ka Energiesparlampen brennt.

Es waß, mit wie vü der UV-
Strahln heuer der Neuschnee blendt,
und auf den Milliliter gnau,
mit wie viel Doserl Crème du fliagst.
Es waß, wenn du beim Beichten liagst.

Doch eines Tags, da gleißt ein Licht
dem Aug von Ost ins Angesicht.
Das Auge kreischt, es zuckt und zittert,
da es in der Ferne wittert ...

So einen leichten Zwiebel-Miachtel
und kurz darauf siechts viele Tiachel
um die Ruabn von vüle Fraun.
Und wie's gen Ost mog umischaun,
siechts, wira a bortad Spinnerich
kralt mit tausend Haxen schwer
ein ganzes Volk vom Balkan her.

Über Wege, steil und stanig,
es schreit Europa voller Panik:

„Die Russen san scho wieder do!“
Doch das Auge mahnt: „Iwo!
Des is a vü a ärgre Krot,
die dort krallt aus dem Morgenrot.“

Drum schöpft das Aug aus braunem Sud
ein kampfgestähltes Kämpferblut:
Tyndall, Wilders, und le Pen,
wie halt die ganzen Trotteln haßen.

Und es entsendet schwarze Reiter,
allsamt wackre tapfre Streiter,
auf zum Kampfe mit der Seuche,
die durch ganz Europa fleuche.

Zwischenzeits in Österreich,
am schenan Land, wo olle gleich,
manche halt ein wenig gleicher,
manche arm und manche reicher …

Doch allgemein is olles leiwand,
in Österreich, do gibt's ka Gscher,
wenn beim Wirt dei Ochtel leer,
dann is des schon des greßt' Problem,
des da in dem Lond mecht gschehn.
Do is kana schiach zum ondan,
a wenn monche umawondan.

Europa drischt sich Schädeln ein
und Brüssel fragt: „Wie kann das sein?
sonst tut's in allen Ländern brodeln,
wie kommt's, dass nur die Alpendodeln
allweil so friedlich umaschunkeln?“

Und so fängt man an zu munkeln,
und schließlich spricht EU-Gericht:
„Österreich, na so geht's nicht:
Mögt ihr EU-Vertrag besehn,
allen muss gleich gschissn gehn!“

Drum greift das Aug zu einem Trick,
und plötzlich meldet da die ZiB:

„Newsflash: Terror in Österreich! In einem perfiden Anschlag auf unsere westliche Kultur haben islamistische Radikale heute Nacht das Billaschweinderl geschlachtet und verzehrt. Nicht weit entfernt fand man zudem die lila Überreste der Milkakuh. Am Tatort konnte ein Inder gefasst werden, dessen Name an dieser Stelle noch anonym bleiben sollte, den Sie jedoch gewiss aus diversen Mobilfunkwerbungen kennen werden. Es deutet zwar nichts darauf hin, doch ist davon auszugehen, dass hinter all dem die Juden stecken. Wir raten der Bevölkerung zu Panik und hysterischen Ausschreitungen."

Das Land kocht über wie ein Sterz,
und wie er grad so richtig braun is
und glasig angröst jedes Herz,
da – tief im Parlamentsgemäuer,
schmiedet Brüssel aus dem Feuer ...

einen Mann!
Ein Mann sie zu knechten,
ein Mann für die Rechten,
ein Mann sie zu finden,
die Dunklen zu treiben,
dass alle verschwinden.

Und es benennt ihn nach den Haiden
unsres schönen Alpenlands,
und fein drapiert im Lodengwand
sandt das Aug ihn los, doch kaum
dreht es sich zufrieden um,
hört's in der Ferne nur: Kabumm!

Aus Auge gischt' vor Wut der Schaum:
Was hat es da nur angericht',
sein Meisterwerk, sich selbst vernicht'?

Und wieder sieden all die Kessel,
wieder sprengt es jede Fessel
des Natur- und Gottesmöglichen,
und noch im morgenrötlichen
Licht hat das Auge neu erschaffen

ein Mannsbild da, aus Gold und Ton,
des Schwiegersohnes Perfektion.
Hot es aus dem Bodn gstanzt,
das Herz hat man ihm anstatt links
dort am rechten Fleck gepflanzt,

den Stahlblick finanziert von Krupp,
den Hals voller Vik Vapu Rupp,
damit er Stunden irgend an Ruass
erzähln kann und ned Luft holn muass.

Zuletzt reicht man dem neuen Kaspel
ein Fortbewegungsinstrument,
mit welchem er sich nicht dahaspelt,
selbst wenn er's schwer gsoffn lenkt.

Nach Österreich eilt schon die Kunde,
Gerücht vom Retter macht die Runde:
Es käm, entsandt von Brüssels Thron,
Hatsche Stratsche Luftballon!

Man harrt des Herrn am Horizont,
die Hoffnung lodert, ist entfacht,
man stiert gespannt zur Himmelsfront,
schreit hilfesuchend in die Nacht:

„Hatsche, wennst nur schuseln kennst,
schau, do steht a Muselmensch!"
Und jeder, der im Fusel schwamm,
stimmt zu, es ist der Muselmann,

der unser ganzes Geld verzaht
und der die Wirtschaft owilaht,
der unsre blonden Madln fladat,

der Gift auf unser Land verspradat,
der unsre Kinder stiehlt in d'Nacht
und aus ihnen Kebap macht.

Und er steigt auf, der Ballon,
seht, welch eine Pracht!
Ist's von Menschenhand gemacht?
Nein, dieses Wunderwerk der Technik
kann unmöglich menschlich sein,
es braucht nicht einmal heiße Luft,
der Stratsche redt nur direkt rein!

Und da sieht Stratsche schon den ersten,
der ihm nicht passt,
und er zieht ihn in die Luft,
weil der Türkenbua angeblich
brunzt hätt in die Habsburggruft.
Und noch da Reih, do zaht er's auffi,
schafft's fort von hier, na Hauptsach aussi.

Und wie er sich zu Boden senkt,
ein Volk sich ihm um Halse hängt,
um sein'n Ballon ein dichts Gedränge,
tränenreiche Dankgesänge.

Nur eine Frage bleibt im Raum:
„Stratsche, sag, wir sind erstaunt,
dieser Ballon, so schnell, so schön und schicksalsschwer,
wo kommt des teure Ding denn her?"

Und Stratsche bleibt Momente stumm,
ziert sich etwas, drückt herum,
bis er schließlich rausposaunt:

„Wenns mi so frogts, i wü ned liagn,
wissts noch, der Euro-Rettungsschirm?
Ihr hobts brav zoit und words ned reich,
des is a jetzt, und – gfoit er Eich?"

ARCHE STRATSCHE

Ein Sonntag war's, die Sonne schien,
im Müßiggang frohlockt ganz Wien,
die Großmama kocht a Kompott,
die Hautevolée spinnt a Komplott.

Die Hakler tan nix, die Lehrer eh nia,
man holt sich die Krone als Heislpapier.
An Sandler plagt Frage, an der er sich omüht:
„Bin i no restfett oder hob i scho vorglüht?"

Neamd, der heut nicht zfrieden schunkelt,
als sich ganz plötzlich der Himmel verdunkelt.
Man blickt hinauf, schließt kurz die Lider,
an Klescha macht's und furt wor's wida.

Am Karlsplatz oba is jetzt muats a Bahö,
weil durtn is ogstirzt des schwebende Gstö,
und deswegen liegn do am Boden verstreut
wild durcheinand Berge ächzender Leut.

Dutzende gar, man sieht's nur so wurdln,
Araber san's und a poor schworze Murdln.

Doch wos liegn's denn do umma?
Grad, dass sich wer verkühlt!
Man will aufhelfen kumman,
als aus Mitte sich wühlt,
mit dem Elan ihrer Ellbogengwalt,
eine in tiefblau verborgne Gestalt.

Ausschaun tuat's wia Burkakleid,
es schreit und fluacht das Muslweib,
stapft auf die andern mit die Schuah,
doch hör ma hin, wos schreit sie nur?
Heißts: „Allahu Akbar"?
Nein, sie schreit: „Alles nur Gfrasta!"

Dann reißt sie blauen Stoff vom Gsicht,
worauf da ganze Karlsplatz siecht,
des wor ka Burka, des war der Ballon,
der nunmehr liegt zerplatzt am Platze,
und drunter des wor ka Muslima,
nein, es ist der Hatsche Stratsche!

Der rearend jetzt von dannen rennt,
er hat halt zuviel einizwängt,
zum Abschieb'n wors a z'großer Schub,
do is ihm mitten in sei'm Flug
a weng die haße Luft ausgangen
und hot si neama mehr dafangen.

Am nächsten Tag sah man in Wien
zwei Männer durch die Straßen ziehn,
der eine, der hinkt, der andre geht grod,
es san Norbert und Stratsche, doch Schock schwere Not!

Der Stratsche hinkt und braucht an Gehstock,
der Norbert springt wia a junger Rehbock
und muntert nun den Stratsche auf:

„Das ist schon lustig, dass jetzt du hinkst,
wo ich ja nicht mehr hatschen brauch!
Doch der Ballon-Unfall, na geh,
sag, tut dir denn der Fuß noch weh?"

Der Hatsche bleibt stehn, unterdrückt überfordert
das Zucken im Aug, dann sagt er zum Norbert:

„Jetzt hoit doch die Pappn, du Trottl, du bleda!
Dass'd simuliert host, wusst eh schon a jeda!
Mein Plan war so super, sie hätten dich gwöht,
wer alles behindert und sonst wie entstöt,
doch klor, dass des wem auffoin muass!
Hatscht oiweil auf am ondan Fuaß!"

„Mir ist das Schauspiel nie gelegen.
Na eben dann das nächste Mal!“

„A nächstes Mol wird es nicht geben!
Und jetzt zuckst mit den Schultern,
Norbert! Es hobt’s boid kan Kanzler mehr, sondern
an Sultan!
Und hoff ich, er ernennt dich, Koffer,
zu seim privaten Teppichklopfer!“

„Stratsche, du worst söba schuid,
du worst’s, der den Öxit wuit!“

„Norbert, i schwör, mit dir is’ a Graus!
Du hörst mir nie zu, wenn ich irrsinnig schrei,
nicht Österreich tritt aus der EU hinaus,
doch die EU, die tritt Österreich bei!
Des hob i gsogt!

Doch mia is wuascht, i bin boid furt.
Denn ich studierte mit heißem Bemühn,
das Evangelium Jörgs und da steht geschriebn:

Zieht Dunkel herauf und die Sintflut der Fremden,
erbau dir ein Schiff, aus eigenen Händen,
inmitten des Wörthersees, dort liegt ein Eiland,
gründ Österreich neu und werde sein Heiland!
Lei Lei.“

Gesagt, getan, und volle Fahrt,
er holt sich zwei von jeder Art,
zwei Kärntner, zwei Steirer, zwei Wiener so weiter,
nur treue und auch gscheite Leit,
und bittschen kane Weiberleit!

Vorm Aufbruch prüft er noch die Checklist,
ob auch alles im Gepäck ist
für das neue Österreich:

„Die großdeutsche Flagge, den Burschenschaftsdegn
und falls ma uns schneidn no a Tubn Bepanthen,
fufzg mal drei Bier, a Schapskartendeck,
a poor Lippizaner, an mageren Speck,
a Kernöl brauchts, an Schäferhund,
a Glock, falls mir wer deppat kummt,
a Bloskapölln und Gulaschdosen,
dutzend frische Unterhosen,
wenn si wer vor Freid dapinkelt,
Kreuz für unsern Herrgottswinkel,
und fois a Problem gibt, mit dem ma uns rumschlagn,
nemma als Sündenböck uns no a poor Ungarn.
Bast, homma ois!“

Man löst die Leinen, sagt adé,
Stratsches Arche sticht in See.
Beschwerlich war die Überfahrt,
die die blauen Brüder plagt.

Kaum fünf Minuten in der Flut,
sterbn schon die ersten an Skorbut,
im Tod hobn's salutiert, wie löblich,
zwei andre sterbn durch Affenhitz,
der nächste, der verschluckt sich tödlich
beim Lachn üb'an Herrenwitz.

Gemeutert wird, der Seegang peitscht,
der Schiffbug bricht, das Segel zreißt,
„Wieso?“, schreit Stratsche, „Wieso hob ich Saudepp
mei Schiff mitn Kleber der Wahlzetteln zamklebt?!“

So sank die Arche nun schließlich zugrunde,
mit ihr die Crew, all der Speck und die Hunde,
nur Stratsche konnt sich grad noch retten,
sich selbst und no a weng Bratlfettn.

Er schaut sich um, es ist die Insel!
Zu Tränen grührt hört man ihn winseln:
„Auf dass sich jeder Spötter schleicht!
Dies ist mein neues Österreich!“

„Ah, Servas Kolleg!“, ertönt’s hinterm Stratsche,
den trifft fast der Schlag und sei Schädl, der draht si,
weil hinter eam steht und locht no recht brat,
offenbar gstrandet, a klana Slowak.

„Oida!“, schreit Stratsche „Wos tuastn du do?“
„Ich bin da Ivo, ich wohn da, wieso?
Ist meine Insel, heißt Vashniki,
Ortstafel dort, doch wennst magst, na dann pick i,
wenn nun wir beide hier zuhaus,
dir’s gerne auf’s Taferl zweisprachig auf.“

„Ivo“, meint Stratsche, der sichtlich ka Freid hot,
„guat, leb ma zammen, doch ich nenn dich Freitog!“

Und seither leben die beidn frei,
auf Vashniki / Österreich II.
Lei Lei.

FAUSTRIA – DER TRAGÖDIE DRITTER TEIL

ERZÄHLER

Hier sitzen sie wie armer Tor,
und jeder klug als wie zuvor.

Der Doktor, welcher die Wahl zwar gewonnen,
wirkt nicht sehr erfreut, ja eher beklommen,
weil der Mephisthoferles
es nicht nicht bei seinem Los belässt.

Er meint: „Da warn zu viel Dodln, zu viele Faux-Pas,
wir wählen erneut, weil des wor a Schaß!"
Nun warten's erneut, weil die Justiz recht ein Kuahstall,
dem Volk, dem is wuascht, das schaut derweil Fuaßball.

Um sich das Warten zu überbrücken,
schlägt Hofer den Doktor mit seiner Krücken,
und hört nicht auf, ihn anzufechten,
der Doktor denkt nach ... und beginnt dann zu sprechen.

DOKTOR

Hörn'S auf mich zu schlagn, Sie haben verlorn, was sull's?

MEPHISTHOFERLES

Ich schlage Sie nicht, ich schau nach Ihrm Puls.
Herr Doktor, mit Verlaub, sechs Jahr sind sehr lang,
da wird einem um Ihr alts Herzerl ja bang.

DOKTOR

Herr Hofer, Sie wolln in die Hofburg mit rein,
doch ist wohl die eine nicht groß gnua uns zwein.
Aber gibt's eh a zweite, da passen'S gut hin,
die ist streng umzäunt, ka Nachbar Muslim,
drum ziehn'S doch in die Hofesburg,
im Minimundus Klagenfurt.
Dort wärn'S ja daheim, woher so mancher Kolleg kommt,
und dass' schneller dort sind, schenk ich Ihnen an Phaeton.

MEPHISTHOFERLES

Bravo, Professor, so tief kommen'S runter,
Ihr künstliche Hüftn is wohl doch ka Klumpat.
Die blaue Brut vom Wörthersee!
I hau mi o, a Mörderschmäh!
Behaupten'S noch ernsthaft, Sie seien nicht abhängig?
Herr Doktor, Sie sind wohl im Irrenheim abgängig!

DOKTOR

Na, ich hab Unterstützer, woher die Missgunst?
Sie haben Jünger für Hetze und Disskunst!
Die bestelln Bier für drei, und trinkn's für fünfe,
im Suff sprengt man leichter Asylunterkünfte,
die tragen die Kornblum im Knopfloch am Mieder!

MEPHISTHOFERLES

Und Ihre Freunde, die haben die Taschn voll Flieder!
Stehn auf Terrassen, in Händ Gläschen Schücher,
Armut kennen die nur aus Grimms Märchenbücher.
Darum grüßt nicht mit rechts Ihre Pracht-Hautevolée,
die wird ja gebraucht und bewacht's Portmonnaie.
Denn wo die Marie, da sind oft die Manieren,
wer nichts hat, der hat sich für nichts zu genieren.

DOKTOR

Sie Heuchler drückt heut der Armani-Schuh?
Des kleinen Mannes Mannitou
red't nur so lange demokratisch,
wie das Volk voll Hass und Rage is.
In Wahrheit wissen Sie so gut wie ich,
dass man dieser ... Unterschicht
Politik nicht einfach runterbricht.
Dazu braucht es Wissen, eine Matura
und glutenfreies Essen von Al Natura.
Aber wie öffne ich zur Bildung der Jugend die Türn?
Ich hab's! Ich erhöh die Studiengebührn!

MEPHISTHOFERLES

Sie sind der Heuchler, der Herr Atheist,
so aufgeklärt, fast Antichrist,
dass er selbst bei Keksen Oblaten ned havert,
doch, wenn's ihm mal passt, eine Papstrede covert!
Ich bin ein guter frommer Christ
und wünsch, wer Mutter Gottes disst,
dass man ihn am Schafott verdrischt!
Ich weiß, es klingt wie ein Schlaganfall,
doch Ausländer ghörn alle in die Strafanstalt!
Denn Heinz Christian sagt, und das glaub ich ihm auch,
dass der Muslim unsre Frauen missbraucht!

DOKTOR

Ach, plötzlich wärn Strache und Sie Feminist,
verzeihn'S, ich glaub, ich hab mich vor Lachen bepissst,
warn'S nicht Sie beide, die sagten:
Ich lern von der Hymne jetzt nicht andre Strophen,
Frauen ghörn nicht zum Volk, die ghörn an den Ofen!
Rechte für Frauen? Pah, wir wolln Frauen für Rechte,
fortgepflanzt wird nur mit blauem Gemächte!
Drum solln der Achmed und der Sindbad
auch hinaus aus unsrem Schwimmbad!
Denn dort wo die Mädls an Reizen ned sporn,
errricht ma einen Lebensborn.

MEPHISTHOFERLES

Tja, ich bin eben manisch konservativ,
dass selbst ein Amish sagn würd:
„Da läuft beim Hofer was schief!"
Doch Sie, das Rebellenhaupt neumodscher Hippis,
sagt, von alten Werten, da kriegt er Neurodermitis.
Wieso leisten'S der Ehe so haligen Schwur,
dann aus Zufall ein'n Monat vor der Kandidatur?

DOKTOR

Sie wettern doch in jeder Promo-Rede
gegen die Homo-Ehe, was ich nicht so verstehe,
denn die Burschenschaft ist eine Kraft,

die mit Eifer sucht der Burschen Schaft.
So wettern zwar gegen Schwule die Recken
und haben doch selbst genug Dreck an ihrm Stecken!

MEPHISTHOFERLES
Und Sie wären besser, Sie Freimaurer-Knecht,
der sich aus der Loge fein rausreden mecht?
Die Freimaurer, ach, das sind nur lauter Lakeln,
die gerne mal gratis auf Baustellen hakeln!

DOKTOR
Welch Populismus! Ich sag nur NLP!
Wem innewohnt verbale Macht,
steht unter Generalverdacht.
Und Ihre Reden sind schlimmer denn je,
fast wie sie der Goebbels schwingt!

MEPHISTHOFERLES
Herr Doktor, der Vergleich, der hinkt!
Nur weil ich mich mit'n Fuß plogn muss ...
Sie Akademiker im Snooze-Modus!
Ihre Idole, die sind niemals besser:
Obama, gestatten, Kriegsverbrecher.

DOKTOR
Und Sie, der große Menschenfreund,
der gern a jede Grenz umzäunt,
Sith Lord Straches Padawan!
Schürt Eurer Rache Masterplan,
Ihr werdt's euch wundern und a toben,
weil den werd ich nicht angeloben.

MEPHISTHOFERLES
Hunde, die bellen, die beißen doch nicht,
nicht mit solch Beißern, die gelb wie die Gicht.
Ein Präsident, ja, der hat Zähne, und die trägt er im Gesicht,
Sie tattriger Dreigroschenopa ...

DOKTOR
Jetzt halten's aber d'G...
Ich muss schon gestehen, Ihr Gbiss is a Pracht,
hat das der Zahnarzt Strache gmacht?
Oder bekommt man solch weißes Revers
durch Ihren ungsunden Kreideverzehr?
Meine Zähne haben nicht solch weißblütne Blässe,
den Charme solch einer Lügenfresse
is etwas, das ich gar nicht brauch!

MEPHISTHOFERLES
Aus Ihrem Mund reicht Schall und Rauch.
Was soll's, dass ich gern Kreide speis,
Sie Erbstück aus der Kreidezeit?
Die Leut wolln den Wolf, nicht seniles Greißlein,
drum steckn'S Ihr Amt sich doch in Ihr Steißbein!

DOKTOR
Na, wenn's Ihnen nicht passt, dann wandern'S halt aus,
doch wie man in Wälder ruft, hallt es dann raus.
Ob man Sie aufnimmt, wo sie dann stranden?
Habn'S in Argentinien no ane Verwandten?
Oder es nähme Sie gern auch da Orban,
der kann Ihnen zum Ausrearn a Tränengas ordern.
Oder zum Erdogan, doch meckern'S ned z'laut,
sonst kann's sein, dass er Sie mit einer Ziegen vertauscht.

MEPHISTHOFERLES
Sehn Sie denn nicht, die EU-Fantasie,
ist nur Europas EU-thanasie!
Red ich auch oft wie's Ku-Klux-Gsind,
doch Sie sind Brüssels Kuckuckskind!
Ja zu TTIP, ja zu CETA,
wos des is, erklär i später.
Laut Ihnen wär auch Eintritt zur Nato erstreblich,
denn Österreich braucht dieses Nahtoderlebnis.
Unsre Liebe zum Krieg war zu lang platonisch,
mit Fliegern gen Osten, das scheint ja grad modisch.
Der Pazifismus der Grünen liegt wohl noch wo,
weit verstreut im Kosovo.

DOKTOR
Drum bin ich gegen's Bundesheer!
Oder dafür?
Meine letzte Meinung ist schon wieder a guate Stund her.

MEPHISTHOFERLES
Mach ma's so: Wir schaffen's ab!
Denn sollte tatsächlich der Ernstfall aufziehn,
verteidigt uns Strache mit Paintball-Maschin!

ERZÄHLER
Schließlich endet's in kühnem Radau,
die beiden, die schlagen sich ganz grün und blau.
Und mitten im Tumult, dem Strudel,
bemerkt niemand den kleinen Pudel.

Der steht daneben ganz alleine,
trägt um den Hals gar keine Leine,
der Pudel hat auch keinen Herrn,
stattdessen hat er einen Kern.

Und des Pudels Kern grinst.

Denn wenn sich zwei streiten, da freut sich ein Dritter,
tritt auf als Streitschlichter und als Vermittler,
und weil er nicht wie die beiden wild wettert,
erscheint der auf ersten Blick gar ned so deppert.

Hysterisch schreit jeder Hosanna, Juchhe,
i sog nua: Schau ma moi, dann sehn ma eh.

V. GLAUBENSFRAGEN

Gott hat es nicht leicht dieser Tage. Niemand glaubt mehr an ihn, abgesehen von einer Handvoll verstreuter Fanatiker. Das ist jedoch nicht tröstlich. Wie wenn man im Parlament ein wichtiges humanitäres Anliegen vorträgt, doch nur der für einen Dienstag schon stattlich betrunkene Hausmeister bekundet ab und an seine vermeintliche Zustimmung, indem er schreit: „Genau! Schwarze Chinesen! Ja, hat man sowas schon gehört! Was will der denn von uns, dieser Uncle Benz? (sic!) Mich kriegt der auf jeden Fall nicht!“ Ja, die letzten Schäfchen Gottes sind nicht unbedingt die wertvollsten. Kaum zu gebrauchen, wie der ungenießbar blind machende Nachlauf beim Schnapsbrennen. Denn statt sich im Irrsinn die Hand zu geben und gemeinsam die Atheisten dieser Welt zu jagen, liegen sich diese nervösen Splittergruppen lieber andauernd selbst in den Haaren.

Hinz und Kunz hingegen sind von Religion mittlerweile so gelangweilt, dass sie nicht einmal mehr den Erlöser an den Nagel hängen würden. Nur wenige mühen sich Sonntagmorgen überhaupt noch in die Kirche. Und wenn sie es tun, dann auch nur, weil sie mitbekamen, dass es am Ende der Messe immer etwas gratis zu essen gibt. Trotzdem schwinden die Zuschauerzahlen rapide. Und das, obgleich man vielerorts den Schluck Wein und die einzelne Hostie zu einem All you can Eat-Buffet ausbaute. Manche Kirchen haben sogar Fließbänder installiert, die während der gesamten Show kleine Messias-Häppchen wie ein Running Christi zwischen den Sitzreihen befördern. Alles zwecklos. Der moderne Mensch von heute hat sich mit einem Inbusschlüssel längst seine eigene Religion gezimmert. Seine Steintafeln sind jetzt Nährwerttabellen. Seine Taufe das Binge Drinking. Und sein Ablass eine willkürliche Internetpetition.

Auch Jesus hatte seither mit dem zunehmenden Glaubensverfall zu kämpfen. Er versuchte noch ein paar Mal, sich unter die Menschen zu mischen, doch seltsamerweise endete jeder Erdenbesuch in einer öffentlichen Hinrichtung. Seine zweite Predigt-Tour startete er bereits 200 Jahre nach seiner Kreuzigung, dummerweise am Höhepunkt der Christenverfolgung. Seine Verteidigungsrede vor dem römischen Tribunal, man möge ihn bitte nicht töten, schließlich wäre er strenggenommen kein Anhänger Christi sondern Christus selbst, erzürnte nicht nur die Heiden, sondern bescherte ihm auch einen starken Sympathieverlust unter den eigenen Leuten. Dieses Szenario wiederholte sich über die Jahrhunderte hinweg und besonders im Mittelalter fanden seine Zaubertricks nur wenig Anklang. Und das, obwohl Jesus selbst mehr Hexen denunzierte als die eifrigsten Inquisiteure. Doch auch in der aufgeklärten Neuzeit war ihm kein Glück beschieden und besonders sein exzentrisches Erscheinen unter dem Künstlernamen Charles Manson wurde gehörig missverstanden. So gab er das Predigen auf und suchte sich eine Stelle in einer Wiener Bäckerei. Allerdings missfiel es den Kunden, bei dem Kauf einer Semmel immer wieder gesagt zu bekommen: „Nehmet und esset, dies ist mein Leib. Und darf es dazu noch ein Kaffee sein?" Seine wahre Berufung fand er schließlich wieder im Entertainment-Bereich. Jesus' schmuddelige Hipster-Erscheinung sowie seine Gabe, seelenlos sinnfreie Sätze zu deklamieren, machten ihn schließlich zum Star bei den Vorsprechen am Max Reinhardt Seminar. Heute tritt Jesus am Burgtheater auf und feiert große Erfolge mit seinem Stück „Klaus Kinski Erlöser". Werner Herzog selbst soll bei der Premiere dicke Tränen der Rührung vergossen haben, nachdem ihn der Method Actor Jesus nach all den Jahren endlich wieder einmal eine dumme Sau geheißen hat.

Gott hingegen wurde sich des Ausmaßes seiner Machteinbuße erst vor einigen Jahren bewusst und verteilte daraufhin in Panik erstmals Feedback-Bögen an die Menschheit. „Bewerten Sie die derzeitige Schöpfung mit Prädikaten von 1. Hosanna, Juchhe! 2. Leiwand. 3. Befriedigend. 4. War schon mal besser. 5. Bitte, Gott, lass mich sterben!" Es wurde allerdings strenggenommen kein internationales Ergebnis erzielt, da nicht alle Antworten ordnungsgemäß ausgewertet werden konnten. Die dritte Welt hat die Fragebögen gegessen, Österreich nicht anständig zugeklebt und Israel und Palästina haben das Papier lieber zerrissen, zu kleinen Bällchen gerollt und sich damit gegenseitig bespuckt. Dennoch trat ein eindeutiges Stimmungsbild zutage. Unter dem Punkt Verbesserungsvorschläge schrieb fast ein jeder der Befragten: „Lass es gut sein, Gott." Und Gott sah, dass es gut war und trat von seinem Amt zurück. Und so fiel unser Herrgott dem Müßiggang anheim. Was niemandem auffiel, weil er ja auch schon zuvor ein ziemlich fauler Hund war. Unter den Menschen hat es sich sogar eingebürgert, lethargische Nichtsnutze mit den Worten zu schelten: „Hör auf, Gott zu spielen!" Denn nichts anderes tat er. Gott ernährte sich ausschließlich von Fast Food, das er mit dem Taschengeld bezahlte, das ihm Jesus von seinem bescheidenen Schauspielergehalt zukommen ließ. Dann saß er tagelang am Heisl, las den göttlichen Beobachter und füllte Sudoku-Rätsel mit Buchstaben aus, weil ihm nie jemand die Regeln erklärt hatte.

Als er nicht einmal mehr mit dem Teufel ins Wettbüro gehen wollte, riet ihm dieser dazu, sich eine neue Arbeit zu suchen. Das war leichter getan als gesagt. (Der Teufel ist seit Kindheit ein schrecklicher Stotterer.) Doch welcher Job wäre geeignet? Wer braucht schon einen autistischen Eigenbrötler mit befremdlichen Fähigkeiten, der sich nur mit Verstorbenen umgibt? Die Antwort lag auf der Hand. Und so verlieh sich Gott das Aussehen eines 10-jährigen Jungen und begab sich nach Hollywood, direkt zum Anwesen von Bruce Willis. Dieser war sofort angetan von dem kuriosen Kind, rief den preisgekrönten Regisseur M. Night Shyamalan an und gemeinsam drehten sie zehn überaus erfolgreiche Filme mit zehn überaus unerwarteten Wendungen am Ende. Kurz darauf ging auch schon der elfte Film in die Produktion. Es war ein heißer Drehtag im August. Gott und Bruce Willis naschten gerade verstohlen von ein und demselben Muffin, während sie sich abwechselnd willkürliche Stirb-Langsam-Zitate hin- und herwarfen und dann wie klebstoffschnüffelnde Schulmädchen kicherten. „Du bist unbreakable!" „Nein, du bist unbreakable!" Dann wieder

Gekicher. Bis schließlich Mr. Shyamalan völlig aufgelöst am Set eintraf und schluchzend alle davon in Kenntnis setzte, dass der Film abgebrochen werden müsse. Bruce Willis fragte, was denn los sei, doch Mr. Shyamalan schien ihn zu ignorieren. Nun bat auch Gott um Erklärung für das abrupte Einstellen des Projekts, worauf der Regisseur ihm mitteilte, dass Bruce Willis offenbar schon seit Jahren tot sei, doch selbst nichts davon wusste und einfach weiterhin Filme drehte. Allerdings konnte ihn niemand der Kinobesucher auf der Leinwand sehen. „Dich übrigens auch nicht!“, sagte Mr. Shyamalan und zeigte auf Gott. „Ich weiß, wer du bist. Kein Sterblicher kann dich erblicken.“ „Dann konnten die Zuschauer keinen der beiden Protagonisten sehen oder hören? Und dennoch stürmten sie die Kinos?“, fragte Gott und kratzte sich die Stirn. Mr. Shyamalan nickte. „Aber warte“, warf Gott ein, „wie kommt’s, dass du uns sehen kannst? Du bist doch ein Mensch, oder etwa nicht?“ Mr. Shyamalan grinste. „Nein. Ich selbst bin nur eine unerwartete Wendung“, sprach er, drehte sich in einer Pirouette um sich selbst und verwandelte sich in einen Kornkreis.

Na gut, dann auf ein Neues, dachte sich Gott und veröffentlichte eine Anzeige beim AMS. „Männlich, steinalt, allmächtig, kein guter Teamplayer, sucht 20-Stunden-Job zum Mindestlohn. Möglichst nichts mit Menschen.“ Unter völliger Ignoranz seiner Wünsche verwies man ihn daraufhin an die Lebenshilfe, wo er eine kleine Gruppe von geistig und körperlich Behinderten zu betreuen hatte. Die haben ihn jedoch den ganzen Tag über genervt. Denn regelmäßig zeigten sie auf ihre extravaganten Gliedmaßen und fragten höflich, aber bestimmt, worin da denn bitte der tiefere Sinn läge. Gott kündigte und bat das AMS, ihm gefälligst eine Stelle zu verschaffen, für welche er nicht himmelschreiend überqualifiziert sei und wo er doch von seiner Allwissenheit profitieren könne. Und so wurde Gott Assistent der Astrologin Gerda Rogers. Doch auch diese Zusammenarbeit währte nicht lange, da Gott die Astrologie als Hexenwerk erachtete und immer wieder versuchte, Gerda Rogers vor laufenden Kameras in Brand zu stecken. „Typisch Fische“, pflegte diese dann zu schäkern, während sie das Glimmen an ihrer Kleidung ausklopfte. „Ihr habt überhaupt keine Kontrolle über Euch selbst. Was sind Sie denn im Aszendent?" „Choleriker!", schrie Gott und ließ Gerda wieder in Flammen aufgehen.

Gesenkten Hauptes schleppte sich Gott ein drittes Mal zum AMS. Doch endlich fand man einen Arbeitsplatz, wo er sein seherisches Talent ausleben konnte, ohne mit Menschen in Kontakt treten zu müssen. Man verfrachtete Gott in das Hinterzimmer eines chinesischen Restaurants, wo er an einer alten Schreibmaschine kleine Stücke Papier mit Sprüchen für die Glückskekse beschriften sollte. Der Job schien perfekt, aber es wäre nicht Gott, wenn ihm nicht auch das misslungen wäre. Seine teigigen Prognosen waren nämlich stets viel zu präzise. Gut, er wusste genau, welcher Spruch in wessen Hand landen würde, doch legen die Menschen für gewöhnlich keinen Wert darauf, nach dem Verzehr von mittelmäßigen acht Schätzen, von denen drei Huhn und die restlichen fünf panierte Sofapolsterung sind, vom baldigen Ehebruch des Partners oder den Zeitpunkt ihres Todes zu erfahren. Den chinesischen Restaurantbesitzer erzürnte insbesondere, wenn Gott jenen, von denen er wusste, dass sie die dubiose Nr. 24 auf dem Menü bestellen werden, in das Glückskeks lediglich die Nummer der Vergiftungszentrale schrieb. Somit drohte ihm auch hier nach nur einer Woche der Rauswurf. Schweren Herzens gestand sich Gott sein definitives Scheitern in der Welt ein. Doch ehe er sein Büro räumte, beschriftete er noch eine ganze Nacht hindurch hunderttausende Zettel für hunderttausende Glückskekse, allesamt mit demselben Spruch: „Wenn Ihr denn schon glauben müsst, glaubt nicht an mich, sondern glaubt an das Keks."

SEPTEM

Sieben Sünden kennt die Seele,
sieben Tage haben Wochen,
sieben Mal, dass ich verfehle,
hat der Zufall gut getroffen.

I.

Am siebten Tage sollst du ruhn,
deshalb werd's ich am Montag tun,
von schweren Lasten, Arebeit,
sind heut selbst Schließmuskeln befreit.

Reglos und inkontinent,
wäre es inkonsequent,
wenn die beiden Lungenlumpen
weiter Luft in Leib mir pumpen.

Und so hör ich auf zu schnaufen,
mein Mitbewohner kommt gelaufen,
mich – wie immer montäglich –
fleißig Mund zu Mund beatmen.
Ach, ihn störn solch Frondienst nicht,
solang sie ihm die Miete sparten.

II.

Doch pünktlich da um Mitternacht
erfährt sein Mund, der so bedacht
auf meine müde Montagslunge
und ihre Reanimation,
plötzlich durch meine Sünderzunge
gar heftige Penetration,
denn es ist Dienstag und das heißt,
dass alles um die Wollust kreist.

Mit Kruzifix und hölzern Pflöcken
versetzt man keinen Todesschlag
der Libido von Ziegenböcken,
die ich nähr an diesem Tag.

Die Alten, Schwachen, Kranken, Lahmen,
mit keinem habe ich Erbarmen,
und aus dem großzügig verspritzten Samen,
den ich gewissenhaft geborgen
aus meiner Knaben Wunderhorn,
ernte ich am Mittwochmorgen
die reifen Früchte meines Zorns.

III.

Und schon beim ersten Sonnenschein
hau ich mir selber eine rein,
denn wie sagt' einst ein weiser Mann:
„Man muss zuerst sich selber hassen,
bevor man andre hassen kann."

Dann hetz ich runter in die Gassen,
von eignem Schlag noch fast betäubt,
und suche mir ein Kraftfahrzeug,
denn Wut gedeiht bei Fahrtwind besser.
200 sagt der Tempomesser,

doch plötzlich löscht mein Temperament
ein göttlich Bild am Firmament,
dutzend kleine Sternenschnuppen ...
die schreien und klammern sich am Auto fest.
Nun, es waren zwei Kindergartengruppen
mitten im Laternenfest.

Doch egal, als letztes Kind mit Leibeskraft
sich von Windschutzscheibe rafft,
denk ich nach, welche Einzelhaft
mir wohl morgen Leiden schafft.

IV.

Gründonnerstag ist Neid geweiht,
welcher geifernd aus mir schreit,
denn heut beneid ich jedermann,
um was er hat und tut und kann,
um was genau, tut nichts zum Reim,
der Neid nagt sich in mir ein Heim.

Meinen sieben schwarzen Raben
missgönn ich, dass sie Krallen haben.
Meine sieben schwarzen Katzen
beneide ich um ihre Tatzen,
Van Gogh um sein verlornes Ohr,
die Pest um ihren Störfaktor,
Obdachlose um ihr Bier,
drei Uhr beneide ich um vier,
und zuletzt ich dann beneid
die mit mehr Neid um ihr Leid.

Und Eifersucht, die spür ich schon,
auf meine eigene Person.
Aus Furcht, ich könnt mich selbst betrügen,
aus Egoehebruch belügen,
spionier ich mir selber hinterher,
mach mit Verdacht mir Leben schwer,
les heimlich meine SMS
und mach mir ungeheuren Stress,
wenn ich abends wiederkehr
mit Lippenstift auf dem Revers.

V.

Doch nach Versöhnungsonanien
hab ich mir alles noch verziehen,
denn Freitag hab ich eingesehen:
Wer könnte mir schon widerstehen?

Ich öffne Hochmut Tür und Tor,
klimmt frohen Mutes hoh empor
die Einbildung der Eitelkeit,
dass Gott auf meinen Scheitel speit
einen gottesgleichen Dunst:
Bin nicht mehr Künstler, ich bin Kunst!
Und sitz nur wie in einem Traume
vor dem Spiegel da und staune.

VI.

Doch kaum die Turmuhr Samstag schlägt,
sich in mir die Überzeugung regt,
dass ich nicht genug Spiegel hab,
nicht genug Geld und Gold und Güter,
hab nicht mal einen Bischofsstab,
und die Habgier harsch erblüht mir.

Plötzlich bin ich ganz versessen
auf alles, was ich nie besessen,
wie kam ich denn bislang nur aus,
ohne das, was ich nicht brauch?

Drum stehl ich Geld aus Pfarrkollekten,
hol mir Sklaven, die gescheckten,
so einen Freitag, wie vom Crusoe,
der putzt mein Klumpat vom Eduscho,

während ich selbst auf den Börsenkurs stiere,
wo ich mit Brot für Enten im Park spekuliere
und flader den Viechern jed letzten Cent ...

VII.

den ich am Sonntag genüsslich verschwend.
Was geizig ich zuvor erhandelt,
hat sich in Prasserei gewandelt.

Drum werf ich Münzen dort vom Hochhaus,
das löst bei manchen auch den Tod aus,
doch bei Charity geht es um Nehmen und Geben,
ich gebe Euch Geld und ich nehm Euch das Leben.

Tja, so sieht meine Woche aus,
und all jene, die es wagen,
dem Lobe nun nicht nachzukommen,
erinnern sich in wengen Tagen
hoffentlich an mich verschwommen.

Am Tobsuchtsmittwoch werd ich jeden,
der schlechtes Urteil mir gegeben,
der nun vergaß zu applaudiern,
mit Strick und Peitschenhieb traktiern.

Doch wen ich dabei liebgewonnen,
der darf am Dienstag wiederkommen,
ich werd den Wunden, Blutergüssen,
wohl mit Küssen helfen müssen.

HABEMUS SATAN

Nun, wie war Euer Wochenende?
Ehrlich gesagt, ist's mir egal,
es war gewiss schrecklich banal,
ich erzähl euch lieber meins,
denn so wie meins war sicher keins.

Mir ward an diesem Wochenende
wohl die größte Ehr zuteil,
die verschenkt Katholizismus.
Erhielt nach Kardinalsurteil
für mein prekäres Seelenheil
meinen ersten Exorzismus.

Wie kam's, dass man mich so sehr ehrt,
so große Achtung nun beschert?
Nun, auffällig, das war ich stets,
und wie das Amen des Gebets,
wusst man, dass ich besonders bin,
doch nicht im positiven Sinn.

Doch was ich letztens hab verbrochen,
hat Toleranzschallgrenz durchstochen:
Hab Jesusfigur samt ihrem Kreuz,
gut einen Meter misst das Ding,
aus Kirche abmontiert das Holz,
war lang genug, dass der da hing.

Dann rund um den Gottessohn gesponnen,
ein perfektes Deltoid,
schnipp, schnapp, aus Seidpapier gewonnen,
mit dem Messias-Astroid,
ging ich, mein Meisterwerk zu zeigen,
mit dem Heiland Drachensteigen.

Das Lamm Gottes flattert windig,
ich schrie gen Himmel irr und sündig:
„Mein lieber Gott, kannst mir's verzeihen,
Clarice, hörst du dein Lamm nicht schreien?!"

Das war dann doch ein bisschen viel,
denn Mütter von dem Kinderspiel-
platz, auf dem ich gottgewollt getollt,
haben bitterbös gegrollt,

holten Behörden dann herbei.
Doch hört nur diese Heuchelei:
Nicht Blasphemie war's, die empört,
nur, dass ich nackt war, hat gestört.

Meine Familie hingegen,
meinte, das wär sehr verwegen
gewesen selbst für meinen Fall,
das überstiege meinen Knall.

Da durchzuckt sie Geistesblitz:
„Der Teufel nahm von ihr Besitz!"
Das fanden sie doch nicht sehr cool,
und suchten Rat beim heilgen Stuhl.

Beantragten Konsultation,
beim alten Papst, dem Benedikt,
da der ja schließlich in Pension.
Den hat man drauf zu mir geschickt.

Er tut mir ja ein bisschen leid,
macht heute nur die Drecksarbeit,
denn eines Papstes Würde endet,
wenn er nicht artgerecht verendet.

Heute muss der Ärmste schuften,
exorzieren, Beichten lauschen,
Kirchgeld zählen in den Gruften,
statt sich einfach nur gemütlich
an Weihrauchdämpfen zu berauschen.

So ging's nach Österreich hin, südlich,
hin zu meinem Elternhaus.
„Treibn'S dem Kind den Teifl aus!",
riefen sie ihm flehend nach,
als er betrat mein Schlafgemach.

Ich wollte ihm die Hand ja schütteln,
doch konnt nur an den Stricken rütteln,
denn war gefesselt ich adrett
ans billige Ikeabett.

Sie wussten nicht, die Torn, die Tumben,
dass die gesamte Ikea-Industrie
vom Teufel persönlichst ward erfunden.
Möbel zu solch Tiefpreisgarantie!

Ihr habt doch ernsthaft nicht geglaubt,
dass da nichts dahinter steckt,
dass man Euch nicht die Seele raubt.
Der Teufel seine Zähne bleckt,
wenn Ihr nur eine Kerze kauft!

I.K.E.A. – Ich Knie Einzig dem Antichrist,
wenn das nicht offensichtlich ist!
Doch ich drifte ab ...

Das Bett war demnach schlechter Ort,
des Bösen Brutstätte und Hort,
doch Benedikt blieb stets beherzt,
selbst als mit Kotze ihn besprüh,
hat sogar noch froh gescherzt:
„Da ist wohl jemand heute früh
mit falschem Pferdsfuß aufgestanden."

Als mir die Sichrungen durchbrannten.
Von dem Rest weiß ich nichts mehr,
erfuhr vom Tonbandmitschnitt her:

Pensionspapst durchforstet die Dämönen,
die in meinem Körper wohnen,
sie sprechen alle durcheinander,
über all die Seelen wander
ich gegen meinen Willen und Lunge,
sie alle streifen meine Zunge:

„The jews are the men who will not be,
Et de profundis clamavi,
Над адской бездною летал демон нежный,
Ce souvenir n'est point pâli.“

Doch „Nein, nein, nein!“ flucht Benedikt,
der'n Teufel nicht zu fassen kriegt,
er kennt des Satans Ton und Stimme,
die lügnerische, lüstern grimme.

Stemmt mir das Kruzifix auf Brust,
nie hat ich solchen Schmerz gewusst.
Der Körperwall, er scheint bezwungen,
liegt in Urin und Magenlache.
Nachdem der Teufel hart gerungen,
spricht er in ureigenster Sprache.

(Für manche klingt's ein bisschen bayrisch,
nein, viel schlimmer, es ist steirisch.)

„Du oaschvasoachte, blade Blunzen,
du Pfoffnsau, du Dodelbrunzer,
heast Damischer, jetzt huach ma zua,
du losst den Teifel jetzt in Rua!
Du erzhaliger Fetzenschädel,
schleich deine Finger von dem Mädl!“

Dann bricht Kassette plötzlich ab,
ein Filmriss in der Endlosschleife,
Gerüchte gehen um nicht knapp,
doch keine Chance, dass ich begreife,
was noch in jener Nacht geschah.

Der Morgen graut, schreck auf geschwind,
war nicht mehr Teufel, wieder Kind,
doch wer lag, an meine Brust gesackt?
In meinem Arm der Papst war nackt.

Wir sahen uns an und uns war klar,
dann sind halt wir ab heut ein Paar!
Gottes Wege unergründlich,
die des Teufels gar noch mehr,
seitdem betet der Papst all stündlich,
dankt Satan für Geschlechtsverkehr,
und dass er uns hat treffen lassen.

Tja, Benedikt ist jetzt mein Freund,
wir ziehen nächtens durch die Gassen,
er meint oft, er hat viel versäumt.
Drum mischen wir Passanten auf,
randaliern wie zwei Rabauken,
er nahm den Kirchausschluss in Kauf,
des Kirchenstandes Ständepauken.

Ein Happy End in Teufels Namen,
was sollt man sagen außer ...

SEPTEM II

Mein lieber Herr Pfarrer, ich habe gesündigt.
Nicht, dass es mich stört, weil ich nun so hündisch
ins Beichtkammerl krieche wie sonst nur die Schaben,
doch am neuesten Gossip soll der Herrgott sich laben.

Ich weiß, Gott sieht sowieso alles und jeden,
lugt gern hinter blickdichte Türen und Läden,
selbst wenn ich onanier, ist er mir auf den Fersen,
was lieb ich den Spanner, den heilig perversen!
Manch einer sagt ja, dass Gott das nicht zusteht,
doch ich hab es gern, wenn er mir dabei zusieht.

Und brächt ich ihm gewiss was bei,
für die Strafdeliktkartei.
Die Kirche kennt ja nur sieben Sünden –
da war wohl wer nicht kreativ!

Wie viele mehr auf Liste stünden,
wenn man mir das Zepter ließ
und ich im Petersdome säß!
Läg auf dem Throne mein Gesäß,
blieb uns für Kriege keine Zeit,

hätt all die kleinen Konfirmanden
brav in Reih nach Glied gereiht,
ob nun Jünger Jesu, ob Sohn des Allah,
es zählen doch die innren Werte,
sprich, was unter dem Talar.

Denn wieder spür ich wider Willen,
wie Triebe aus dem Mieder quellen,
sag dem mit schönstem Scheitelschnitt:
„Mein Kind, mach einen weitren Schritt,
zu mir, doch spar dir deine Nächstenliebe
lieber für die nächste Liebe,
anderes ist mein Begehr,
denn ich bin keiner Moses' Enkel,
teile nicht das rote Meer,
sondern spreiz dir nur die Schenkel!“

Ich weiß doch, Herr Pfarrer, Sie werden rügen,
ich soll mich in Zucht und in Züchtigkeit üben.
Selbst wenn mich Luzifer einst richtet,
auch ein schlechter Ruf verpflichtet.
So bin ich und so bleibe ich,
und änder mich beileibe nicht.
Herr Pfarrer?

Und da erst bemerk ich, niemand hört mir mehr zu,
ich späh nebenan und da seh ich, nanu,
die Chorleiterin kam von draußen gekrochen,
und kniet nun vor des Pfarrers Taufbeckenknochen.

Ich verlasse die Kirche, denn ich bin entsetzt,
solch Abartigkeit hat mich tiefstens verletzt,
mein Seele so rein und so zart wie ein Pflänzchen,
auf ewig versaut durch des Kardinals Schwänzchen.

Es fordert stets Gegenwart,
dass man wo was dagegen hat,
doch wogegen rebellieren,
wenn wir den Frevel zelebrieren?

Wie ekelhaft sündig ward unsre Gesellschaft,
in der sich ein jeder auf den highway to hell macht!

Die Sünde war einstens ein Luxusprodukt,
im Privaten gelebt, doch im Vulgus bespuckt,
doch heut ist sie Mainstream, für jedermann käuflich,
dass es Teufeln wie mir ein ernsthaftes Gräuel ist.

Wie könnt ich noch jemand mit Strang deflorieren,
wenn Fifty-Shades-Poster die Wanddeko zieren?
Wie geb ich noch Gelage, wo man erst isst, dann schick würgt,
wenn's normal, dass man am All-You-Can-Eat-Buffet stirbt?
Wie prügle ich noch wen zu Beethovens Neunter,
wenn Hooligans längst schon des Fußballsports Freund san?

Denn offen steht das Himmelstor,
ganz ohne Grenzen, ohne Zölle,
so sagt mir doch in Gottes Nam,
wie komm ich hier denn noch zur Hölle?

Ich hab dort Freunde und Verwandte,
denen ich beim Tod versprach,
weinet nicht, es braucht nicht lang,
ich komm so schnell wie möglich nach.

Aber wie? Nichts ist mehr verboten, verschrien und verrucht,
alles wird nur als exzentrisch verbucht.
Hätt ich auf die Bühne geschissen, gebrunzt,
sagt Ihr zu dem Nachbarn: Ah, ich glaub, das is Kunst.

Jeder ist tolerant, niemand ist mehr empört,
Ihr habt mir die Lust am Verstören zerstört.
Denn jed triebhaft Abweg wurde begradigt,
die sieben Sünden, die nun sind begnadigt.

Der Wellnessfetisch gestattet mir Trägheit:
„Schalt ab und genieß, ohne Scham zu empfinden,
im Spa dazuliegen mit Erwachsenenwindeln."

Die Pädagogik sagt Kindern: „Unterdrückt nicht die Wut,
so ein Amok beizeit tut dem Kreislauf ganz gut."

Der Liberalismus segnet Geld und den Geiz,
worauf Konsumwahn ermahnt, dass ich's maßlos verheiz.

Das Kapital, das lobt Neid als die treibende Kraft,
der Lifestyle ist Tracht, der nur Eitelkeit schafft.

Und die Werbung spritzt Wollust, mehr als sich schon regt,
und den Wunsch ois zu vögeln, was sich z'langsam bewegt.

Dem Pöbel gefällt's, dass die Sünden nun Tugend,
dass man nun löblich Gier, Sex, Geiz, Betrug nennt.
Man nennt das authentisch. Versteht nun nicht miss,
doch diese Selbstentfaltung ist ein Schließmuskelriss.

Tja, der Pöbel ist plump, liegt vulgär im Morast,
doch das Traurigste ist, Ihr, Ihr könnt nicht mal das!
Denn was tut Ihr, die Bildungsbürger,
nun da man uns Sünden vergällt und vertan?
Ihr werdet treu, abstinent und vegan!
Und wisst Ihr was, das widert mich noch viel mehr an!

In Euch regt sich weniger Sünde und Wagnis
als im Keuschheitsgürtel eines Mädchen der Amish.

Werdet wieder dekadenter,
doch Euer Stil, der ist gekentert,
wie die Titanic, die seit Jahren auf Grund treibt,
Euer Gott heißt Verzicht, die Favoritin Gesundheit.

Drum nochmal, dann versteht's jedes Kind:
Ein grüner Smoothie, der ersetzt nicht Absinth.
Und an den Pöbel, denn Ihr wisst das eh:
Ein Laster ist kein LKW.

Drum gib gebändigt jene Triebe,
der Zucht und Ordnung schmerzhaft Glück,
und jed Entgleisung straf per Hiebe,
gib meine Tugend mir zurück.
Werdet Ihr nur keusch und rein,
und lasst mich wieder Teufel sein.

EPILOG

Es ist ein ganz normaler Tag,
und mir wie immer schrecklich fad,
ich lieg nur reglos und sinniere,
esse Kuchen, masturbiere.

Zu spät fällt mir schon wieder ein,
nicht immer darf's der Rechte sein,
der Arm von Muskeln aufgeblasen,
wie bei Justizanstalt-Insassen.

Ich gönn mir kleinen Kelch Absinth,
obgleich der Morgen erst beginnt,
doch fremd ist mir jed Anstandsmauer,
für einen Alkoholiker ist jede Stunde Happy Hour.

Ich fühl mich schick wie Oscar Wilde,
und, am Toilettenrand verkeilt,
frag ich mich, ob auch dieser sich
damals so schick erbrach wie ich.

Doch irgendwann am Nachmittag,
ich mich dann voller Trübsal frag,
das kommt mir oftmals in den Sinn,
ob ich Gesellschaft nützlich bin.

Meist lach ich „Nein!“ und schlafe ein,
doch dieser Tage bohrt die Frage,
weshalb ich mir zur Aufgab nehme:
Heut lös ich der Welt Probleme!

Und ich erstelle – weil ich's kann –
einen Drei-Punkte-Plan zum Wohle
von Jedermännin, Jedermann,
eh euch noch der Teufel hole

und sich schließlich einstens zeigt,
was Kapitalismus und Kultur,
seit tausenden von Jahren stur,
so gefährlich habn vergeigt.

I. Armut & Finanzkrise

Des Weltvermögens Ausgleich hinkt,
doch was hinkt, kann dennoch gehen,
und weil das Geld nun mal nicht stinkt,
bleibt die Ungleichheit bestehen.

Deshalb schlag ich vor:
Erst berauben wir die Reichen,
den Erzbischöfen, Schwerölscheichen,
goldbegrabnen Fürstenleichen,
all den Glücksbrunnen und Teichen
stehlen wir den letzten Cent,
die Münze aus dem Totenhemd,
und kaufen damit Tonnen Brot.

Dann werdn wir das ganze Brot gefrieren,
gut kühlen wie gestohlne Nieren,
und mit den Brotprügeln aus Stahl
gehen wir noch mal zu den Reichen,
die nun, verarmt, voll Kummerqual
im leeren Geldspeicher nur schleichen,
und mit den Kohlenhydratknüppeln
werdn wir sie nun zu Tode krüppeln!

Und aus dem Fleisch, was zart und duftet,
weil es sich nie bewegt, geschuftet,
kochen wir köstlich Leichenschmaus
und geben das den Armen aus!

Na, woher die falsche Schamesröte?
Wenn das nicht gar die Lösung böte?
Jetzt sagt's Euch noch, na Pfiati Gott,
na so wos schiachs, jo saperlott!

Doch wenn der letzte Baum gerodet,
letzter Götterfunk verodet,
wenn der letzte Fluss vergiftet
und letzter Fisch an Land gedriftet,
dann wird feststelln jedermann,
dass man Veganer essen kann.

II. Rassismus und Diskriminierung

Gesellschaft braucht den Sündenbock,
ein schwaches Herz für Hetzerpflock,
denn wenn der Mensch kein Feindbild wüsst,
wie wüsst er dann noch wer er ist?

Der Mensch ist nun mal Herdentier
und schwarze Schafe braucht die Herde,
gefragt ist nur, wen wählen wir,
der schwarzes Schaf der Herde werde.

Ich sage, wir diskriminieren die Kinder!
Erklären sie zur schmutzgen Minder-
heit unsrer Gemeinschaft
und deklarieren ihnen Feindschaft.

Warum? In seiner Ungerechtigkeit,
die Diskriminierung stets begleit',
wäre dies' Gerechteste.
Denn so ist jeder einmal dran,
von null bis zehn Jahren jedermann
Prügelknabe der Nation,
und welches Kindlein stört das schon?
Im Mittelpunkt, ob gut, ob schlecht,
ist jedem Kindlein herzlich recht.

Zudem ergibt das alles Sinn,
denn schaut mal nur genauer hin:

Entartet sind sie allesamt,
mit kleinen Händen, kleinen Füßen,
als Säugling sind sie kaum im Stand,
ordentlich auf Deutsch zu grüßen!

Die Sprache wolln sie nicht verstehn,
mit einem Jahr zu faul zum Gehn,
neun Monat haben sie's gratis fein
in Mutters Asylantenheim,
dort leben's in Wohlfahrt, dekadenter,
und fressen der Mutter ihr Plazenta.

Was heißt da noch: „Das liebe Kindl“?
Das sind Schmarotzer und Gesindl!
Sie wollen sich nicht integrieren,
sind asozial nur unter sich,
und ihre fremdartigen Manieren
sind kulturell sehr wunderlich.

Wie sie sich aus dem Glauben schwindeln,
tragen kein Kopftuch, aber Windeln,
sie beten nicht zu Gott, Allah,
ihr Heidengott heißt Frau Mamá.

Und seht sie an in Bangladesch,
wer flickt denn das Gewand so fesch?
Und die Schucherl denn so flink?
Na, versteht ihr schon den Wink?
Die Kinder nehmen uns die Arbeitsplätze weg!

Drum, Zeit wird’s, dass man sie versteckt,
in Kindertageslagerstätten,
wo sie’s dann eh viel besser hätten.
Die Einrichtungen wärn schon da,
ein Spielplatz liegt ja immer nah,
ein Ort dispziplinierter Tollerei,
und drüber schreibn wir „Spielen macht frei.“

Worauf bei H&M und Primark prangt,
so hoh, dass kein Rebellenkind herangelangt,
das sollt die Kaufeslust wohl mindern,
in großer Schrift „Kauft nicht bei Kindern!“

Und wenn Kinder erst der Volksfeind sind,
als Volksschädling erstmal bestimmt,
die weiße Unschuld – fort sodann,
dann rührt sie auch niemand mehr an.

III. Religionsstreit

Nun, wenn Pädophilie nicht mehr erregt,
ist Vatikan wohl leergefegt.

Probleme, erledigt!

Tja, ich bin Euch wohl ein wahrer Segen
und wenn Ihr Euch nur brav dran hält,
ja, dann steht der perfekten Welt
wohl endlich gar nichts mehr in Wegen.

Und irgendwann, da komm ich wieder,
und seh mir an, was Ihr geschafft,
doch zwischenzeits leg ich mich nieder
und mach, was ich zuvor gemacht.

ANHANG

LEBENSLAUF
Lisa Eckhart

1991 Erstmalige Inbetriebnahme Lisa Eckharts im Stadtkrankenhaus Leoben in der Steiermark. Es folgen sechs Jahre ruraler Idylle bei den Großeltern. Die Stimmung schwankt zwischen Thomas Bernhard und Peter Rosegger.

1997 Einschulung in der Metropole Graz. Liebevoll wird Eckhart die ländliche Legasthenie ausgeprügelt und durch Schickeria-Schnickschnack wie Syntax und Grammatik ersetzt.

2009 Matura an der ehemaligen Kadettenschule HIB Liebenau. Blackout. Eckhart erwacht in einer 9-m²-Wohnung in Paris, umringt von Kakerlaken und in der rechten Hand eine Inskriptionsbestätigung für Germanistik und Slawistik an der Sorbonne.

2013 Erster und einziger Versuch, einen ehrenhaften Beruf zu ergreifen. Eckhart unterrichtet Französisch und Deutsch an zwei Gymnasien Londons. Kinder zählen definitiv nicht zu ihrem Zielpublikum. Am Ende ihres Arbeitsvertrags müssen viele verstörte Scheitel gestreichelt werden.

2014 Master der Germanistik an der Sorbonne und Freien Universität Berlin. Völlige Weigerung, damit etwas Vernünftiges anzufangen. Es folgen ein Dutzend erfolglose Vorsprechen an deutschen Schauspielschulen. Eckhart beginnt, in der Freizeit Postkarten zu malen.

2015 Sieg bei den österreichischen Poetry-Slam-Meisterschaften. Eckhart wird ein Kabarett-Engagement angeboten. Mit Blut unterschreibt sie blind alles, was ihr vertraglich vorgelegt wird.

2016 Österreichischer Kabarett-Förderpreis für das erste Soloprogramm *Als ob Sie Besseres zu tun hätten*. Eckhart freut sich über jeden Tag, an dem nicht ans Licht kommt, dass all ihre Texte von dem hochintelligent heimgekehrten Affen geschrieben werden, den die NASA 1961 ins Weltall beförderte.

MICHAEL NIAVARANI UND LISA ECKHART IM GESPRÄCH am 20. Februar 2017

***MICHAEL NIAVARANI:** Dann beginnen wir doch gleich mit der ersten Frage – Was ist eigentlich Poetry Slam?*

LISA ECKHART: Poetry Slam ist ein Dichterwettstreit, wo dem Publikum vorgegaukelt wird, dass es irgendwie so etwas wie Geschmack und Urteilsvermögen besitzt, weil es über die vorgetragenen Texte richten und einen Sieger küren darf. Es ist also die Idee eines modernen Kolosseums, nur leider sehr harmlos – das heißt, die Verlierer werden nicht gesteinigt oder sonstwie gedemütigt.

Was passiert mit dem Sieger oder was hat sein Sieg für einen Sinn? Führt das dann zu was? Wird man dann zu weiteren Vorstellungen eingeladen?

Nun, an dem Abend speziell bringt's einem nichts außer den Hass und Neid der anderen, was natürlich an sich schon Gewinn genug ist – für jeden, der das zu schätzen weiß. *(lacht)* Aber ja, der Sieg ist quasi die Visitenkarte, die einem dann weiterhilft.

Wenn du dort hingehst, wie hoch ist die Versagensangst, zu den Verlierern zu gehören? Geht's ums Auftreten an sich, oder geht's auch ums Gewinnen?

Ah, das ist das große Mantra des Backstage: „Es geht nicht ums Gewinnen, die Punkte haben keine Bedeutung" ... Aber natürlich geht es ums Gewinnen und das macht's auch irgendwie angenehm, weil es eine echte Katharsis ist, wenn am Ende jemand dasteht, der tatsächlich gewonnen hat.

Voraussetzung ist beim Poetry Slam auf jeden Fall, dass man eigene Texte bringt.

Ja, also da sind wirklich alle dahinter. Wenn nur ein Zitat nicht markiert wird, wird man sofort gerügt. Da sind sie wie Bluthunde. Da klopft dann schon die *(lacht)* Intertextualitäts-Gestapo an die Tür.

Die „Intertextualitäts-Gestapo", ein wunderbares Wort. Wie funktioniert das Abstimmen des Publikums, gibt's Kriterien oder sagen die einfach: „Des hat uns gfalln, des hat uns ned gfalln"?

Ich glaube, es ist nie wirklich definiert worden, ob das Publikum danach abstimmt, was es als gute Kunst betrachtet, oder danach, was ihm gefällt. Ich glaube, meistens bewerten sie sehr subjektiv und nach reinem Gusto. Das kommt darauf an, ob's ein demokratischer Prozess ist, also extrem demokratisch mit Klatschen, oder mit Punktetafeln für fünf Ausgewählte im Publikum. Was natürlich bei einem Publikum von 800 Leuten wieder überhaupt nichts Demokratisches an sich hat.

Aber hier in dem Fall ist das Vergnügen, das die Leute haben, wirklich auch die Vernichtung. Ich glaube auch, dass Sendungen wie Dancing Stars und Austria's Next Topmodel, die ganzen Wettbewerbe im Fernsehen, nicht über die Freude „Wer wird das gewinnen" funktionieren, sondern über die Lust, anzurufen für den einen – nicht, damit der gewinnt, sondern damit der andere rausfällt. Und man möchte diesen Promi, der hier wochenlang tanzen muss, unbedingt sehen, wie er weint, weil er nach vier Tagen schon draußen ist.

Ja, das ist aber nicht nur bei den Zuschauern so. Ich weiß bei mir selbst nicht, ob ich gewinnen will, oder nur die anderen verlieren sehen. *(lacht)*

Also was ist dir lieber, was macht dir mehr Freude: dein eigener Erfolg oder der Misserfolg von anderen?

Ah, das ist wirklich ... der pure Hegel, diese Dialektik ... *(lacht)* Ich weiß nicht, das greift so in sich über. Das eine wäre nichts ohne das andere, das bedingt sich ja.

Eben, es bedingt sich ja ... Was sagst du eigentlich zu politischer Korrektheit? Findest du sie richtig oder falsch?

Das kommt darauf an, wie sie betrieben wird. Aber grundsätzlich würde ich mal sagen ... nicht falsch, aber sie hat nicht so funktioniert, wie wir uns das vorgestellt haben.

Offensichtlich, wie man an Donald Trump und am Erfolg der Rechten sieht.

Genau, ja, da hat sie eigentlich in ein Gegenteil umgeschlagen. Ich meine, wir müssen zurückrudern, anstatt das jetzt noch weiter zu forcieren. Es hat Menschen wahnsinnig gemacht, es hat sie ängstlich und panisch gemacht, was da auf sie zukommen könnte ... Was da als „links" bezeichnet wird, das ist ja nicht mehr links, das ist ein Faschismus von links, der ihnen aufgedrängt wird. Die Leute können sich damit nicht mehr identifizieren und das hat sie noch weiter nach rechts strömen lassen.

Du arbeitest auch viel mit Sprache und es wird oft gesagt, dass die Sprache an sich – also zum Beispiel die Worte „Neger" oder „der Gelähmte im Rollstuhl" – schon etwas Negatives macht. Ich halte immer dagegen und sage: Es ist mir egal, ob jemand zu mir „Ausländerkind" oder „Mensch mit Migrationshintergrund" sagt. Das ist mir scheißegal, denn der kann zu mir „Mitbürger mit Migrationshintergrund" sagen und der Meinung sein, ich soll ins KZ kommen und gehör vergast, weil ich ein „Mitbürger mit Migrationshintergrund" bin. Und es kann einer zu mir „du gschissener Ausländerbua" sagen und mich aber mögen ... Das heißt, am Wort allein erkennen wir den Rassisten oder den Frauenfeind nicht. Glaubst du auch, dass die Sprache da nicht so stark ist, wie behauptet wird, oder ist sie doch so stark?

Naja, sie schafft schon Realität über das hinaus, was jetzt Realität ist, also sie bekräftigt sie zumindest. Aber jetzt zu glauben, man ändert die Sprache und das ändert prompt die Realität, ist Unsinn. Natürlich kann Sprache die Realität verändern, aber das setzt ein Sprachbewusstsein voraus, das Hinz und Kunz nicht haben. Die sehen sich einfach in ihrem Reden, in ihrem Diskurs eingeschränkt – und das werden sie auch. Also man muss bei ihnen beim Denken ansetzen und nicht bei der Sprache. Das ist, wie wenn ich über Schimmel drüberstreich: Das hat keinen Sinn, der wird immer wieder durchkommen. Zudem glaube ich auch wirklich an diesen kathartischen Effekt von politischer Unkorrektheit.

Weil wir gleich drüber reden, das ist halt ein Thema der Zeit: Du als Frau – wie wichtig ist dir das Gendern?

Ich hasse es. Naja, was heißt „Gendern" ... Gender, so wie das aufgekommen ist – da bin ich total dafür. Also diese Idee, dass Geschlechter sehr konstruiert sind und eher die Gesellschaft sowas wie ‚Mann' und ‚Frau' entwirft. Da bin ich absolut dabei. Aber was wir heute als Gendern bezeichnen, wirklich verschiedene sprachliche Ausdrücke zu finden, ist ja komplett das Gegenteil von dem, was Gender eigentlich behauptet hat. Deswegen: Nein, das halt ich für irrsinnig.

Ist es nicht nur ein Problem, das eigentlich nur Sprachen – wie das Deutsche – mit Artikeln haben, die also einem Tisch ein Geschlecht zuweisen, das er ja gar nicht hat? Der deutsche Artikel ist ja gar kein Geschlecht in dem Sinn und hat nichts mit der Sexualität ‚Mann' und ‚Frau' zu tun. Auf der anderen Seite: Ich hab einmal auf der Bühne gesagt, Frauen sollten auf das Binnen-I verzichten, wenn man ihnen dafür garantiert, dass sie das Gleiche verdienen wie ein Mann in derselben Position. Das ist ein Thema, das jetzt niemanden so aufregt – „Jo, mein Gott, des is wirklich oag, Frauen kriegen weniger". Aber kaum hast du kein Binnen-I ... Was ich meine: Das ist alles ein Placebo-Effekt.

Exakt, ja, also es ist gewissermaßen ein Pseudo-Diskurs. Das ist etwas, was wir wirklich ändern können – muads aufwändig zwar – StudentenInnen in „Studierende" und sowas umtauschen, aber da hat man dann einen Effekt, das sieht man, das hört man, und dann können wir uns alle wieder zurücklehnen.

Darf ich dir als alter Kabarettist, kurz vor der Pension, eine Frage stellen: Du mit deinen 24 Jahren, hast du noch die Hoffnung, dass du mit deinen Texten die – man sieht das jetzt nicht im Interview, aber sie schüttelt schon den Kopf, (lacht) – die Welt verändern kannst?

Zumindest nicht zum Guten.

Wenn man den Humor nur auf die Bühne bringt, um die Welt zu verändern, dann sollte man nicht auf die Bühne gehen, sondern Politiker werden. Das hat sogar Georg Kreisler gesagt. Umgekehrt kommt aber auch im Alter die traurige Einsicht: Wir haben jahrzehntelang gegen rechtes Gedankengut Nummern geschrieben und es hat genau nichts genutzt.

Ich glaub schon, dass man was verändern kann, aber eben nicht zwangsläufig auf der politischen Ebene. Alleine weil man vor einer wirklich reinrassigen linkslinken Zuschauerschaft spielt. *(lacht)*

Das ist bei dir so, bei mir nicht. Ich hab ja auch eher Mainstream-Unterhaltung gemacht, mit dem vielen Fernsehen, mit dem Kabarett und so weiter. Zu mir kommt ein Durchschnitt der Bevölkerung. Am Anfang war's bei uns natürlich auch so, als wir jung waren, da kamen natürlich nur eher links denkende Menschen in die kleinen Kellertheater. Da hab ich mich auch schon gefragt: Was hat es denn für einen Sinn, einem Publikum von dreihundert oder hundertfünfzig Leuten, die eh deiner Meinung sind, zu sagen, wie scheiße die anderen sind.

Ja, ja, obwohl ich sagen muss, ich hab auch einige Rechte unter den Fans. Ich will nicht mal sagen, wie das manchmal passiert, dass sie die Satire missverstehen. Ich bring bei vielen Nummern ja keine Satire auf die Bühne, sondern ich lass es einfach fließen. Mich hat mal irgendwer in einem Interview gefragt: „Was ist deine Motivation? Wieso stehst du in der Früh auf?" Und ich hab gemeint: „Der Wille zur Macht." *(lacht)* Und das stimmt. Aber ich kritisier's nicht und will keinen Zeigefinger erheben, sondern ich stell's unverhohlen zur Schau, damit die Leute sehen, das kann etwas Grausiges an sich haben.

Das Großartige an deinen Texten ist, dass du Dinge, die eigentlich nur zwischen den Zeilen entstehen, so auf den Punkt zu bringst, dass die Realität in deinen Texten zerbröselt. Und diese zerbröselnde Realität lässt einen in eine andere Wirklichkeit schauen. Deine Texte sind auf eine Art und Weise oag, wo gar nicht die Texte oag sind, sondern die Wirklichkeit dahinter. Und das Ganze machst du ohne Beurteilung. Die überlässt du dem Publikum.

Genau. Vor allem der „Drei-Punkte-Plan" (siehe den Epilog in diesem Band, S. 117), der ja viel diskutiert wird, provoziert immer wieder verschiedene Reaktionen ... Manche lachen und dann gibt's immer wieder Momente, wo niemand während des ganzen Textes lacht. Ich find beides angemessen, denn ich weiß ja selbst nicht, wie er gemeint ist. Das Diktatorische, das er an sich hat – ist das Satire, oder nicht? Und das ist, glaub ich, sehr wichtig. Also um dieses Unbehagen in den Menschen zu kreieren, muss ich selbst ein Unbehagen damit haben und es selbst nicht verstehen. Ich lass es ja wirklich nur fließen und schreibe nichts mit einem Bewusstsein oder einer Intention.

Du kreierst Unbehagen, allerdings mit der Möglichkeit des Vergnügens. Letztendlich ist diese eine Pointe, die einen bestimmten Punkt trifft und Unbehagen hervorruft, trotzdem immer ein komischer Gedanke. Es ist eine eindeutige Pointe, ein eindeutiger Witz, it is a joke, ja, aber er tut halt gleichzeitig weh.

Ja, ja, das schon.

Da muss man das Glück haben, im Publikum auf Masochisten zu treffen, die sich gern durchs Quälen Freude bereiten lassen.

Ja, das ist mir immer vergönnt. So siebt sich mein Publikum schon aus, da sind großteils Masochisten anwesend.

Aber liebst du das Publikum?

(seufzt) Ich brauche sie, wie kann ich sie da lieben. *(lacht)* Also das ist schon so eine Abhängigkeit, denn Existenz abseits der Bühne ist nicht möglich. Da bin ich nur Statist, das ist billiges

Laiendarsteller-Sein, wo ich meinen Koffer bis zur nächsten Bühne trage. Das Publikum reflektiert und durch den Blick ist man dann ein bisschen.

Aber willst du nicht auch von ihnen geliebt werden?

Doch ... aber es muss nicht immer Liebe sein. Also ich will auf jeden Fall etwas von ihnen, alles außer Indifferenz.

Das heißt also, eine negative Reaktion, ein Aufstehen und Gehen und Kommentare wie „So ein Scheißdreck, sowas möcht ich mir nicht bieten lassen“, stören dich nicht?

Nein, keinesfalls, weil ich weiß, ich bin in ihrem Kopf. *(lacht)*

Kommen wir kurz zum Schreibprozess. Ich persönlich habe in meinem Leben ungefähr drei Lieder geschrieben und dann nie wieder, denn das Reimen ist eine Qual für mich. Mein Gehirn funktioniert dann auch überhaupt nicht mehr. Denn ich such nicht nach einem Inhalt, sondern nach dem Reim. Sobald mir aber ein Reim einfällt, passt der überhaupt nicht zu dem, was ich sagen will ... Ich hab es relativ bald wieder aufgegeben. Ich bewundere das sehr – wie geht das Reimen eigentlich? Wie fängst du an, was ist der Ansatzpunkt?

Das Reimen ist etwas, das tatsächlich automatisch passiert. Also immer, wenn ich mir sage, ich schreib jetzt keinen gereimten Text, muss ich mich wirklich krampfhaft davon zurückhalten. Das ist ein völlig einprogrammierter Virus, der jeden Text in Reime setzen will. Er ist natürlich irgendwo ein ästhetischer Schutzschild, weil alles, was in Reim abgefasst ist, irgendwie unantastbar ist. Da kann niemand dazwischenfunken. Das ist ein Gebilde, wogegen niemand ankommt, weil sich der Text einfach in sich schließt, wie ein Stacheldrahtzaun. Es ist so ein Korsett, ich liebe Zucht und Ordnung ja irgendwie doch. *(lacht)*

Wie groß ist im Poetry Slam eigentlich der Anteil des Gereimten?

Schon zwanzig, dreißig Prozent, oder sogar mehr.

Es ist aber nicht Voraussetzung, also es muss jetzt nicht irgendeine Form haben?

In meinen Augen schon. *(lacht)* Aber ich muss sagen, der junge Reim ist sehr verpestet von Hip Hop und Rap. Das bedeutet, man muss mehrsilbig reimen, allerdings wird nur mehr auf Vokal gereimt, anstatt wirklich rein zu reimen. Und es muss sehr exzentrisch gereimt sein. Es ist schön, wenn jemand sagt, das war jetzt ein unerwarteter Reim, aber meiner Meinung nach ist das nicht notwendig. Vor allem in meinen Anfangszeiten hab ich in den Augen der Kollegen sehr plump gereimt. Die haben sich dann gewundert: „Woah, da ist nur einsilbig gereimt". Ich aber sage: Mehrsilbig reimen, das hat Goethe nicht gemacht, und wenn's Goethe nicht macht, dann ...

Otto Schenk hat gesagt, Faust ist im Prinzip Wilhelm Busch, in der Einfachheit des Reimes und fast in der Kindlichkeit. Würdest du dem zustimmen?

Ja, und das find ich großartig. Übertriebene Reimtechniken werden ja ohnehin vom Rezipienten nicht belohnt. Das dient wirklich nur zur privaten Onanie der Künstler, die da wirklich sehr totalitäre Züge entwickeln. Man darf Herz nicht auf Schmerz reimen, was weiß ich. Wenn du's gut verpackst, natürlich, darf man alles.

Kommen wir kurz zu deinem Lebenslauf. Du hast studiert? Germanistik?

Ja, und Russisch.

Wie kam dann der Schritt, zur Bühne zu gehen?

Naja, ich hab fertig studiert und hab mir gedacht: Ah, das war jetzt aber schön – jetzt wieder zu was Neuem! Ich hab wirklich studiert um zu studieren, ich wollte damit nie arbeiten. Offenbar wollte ich schon immer das Publikum, deswegen hab ich anfangs unterrichtet. Nur dann hab ich bei meinem Probejahr als Lehrerin gemerkt, na also Kinder sind's nicht, das Zielpublikum. *(lacht)* Ich wollt von ihnen viel zu viel geliebt werden.

Das wird man von Schülern nicht, nein.

Naja, das kommt darauf an. Also entweder ich hab sie derart bestochen, dass sie's getan haben, oder sie haben mich nicht geliebt und ich hab sie mit einem Sadismus gequält, der pädagogisch nicht vertretbar ist. *(lacht)* Das war dann schwierig. Also hab ich gemerkt, ok, sie müssen älter sein. Dann hab ich aber auch noch nicht gewusst, was tun, und hab's an den Schauspielschulen versucht. Das war allerdings eine Katastrophe nach der anderen.

Vorgesprochen?

Ja, an ungefähr einem Dutzend. Die haben mir aber alle wirklich komplette Abwesenheit von Talent attestiert. Was ich auch verstanden hab. Also das ist auch tatsächlich der Fall, schauspielerisch.

Das kann man so nicht sagen, find ich.

Naja, es gibt keine Wandelbarkeit. Ich kann mich spielen und zum Glück reicht das im Kabarett, aber für verschiedene Rollen ... Und auf deutschen Bühnen sind sie halt sehr naturalistisch. Sie haben mir gesagt: „Na, Sie wären fantastisch für den Stummfilm, da könnten Sie sich austoben" ...

(lacht) „Sie wären fantastisch für den Stummfilm." Ich finde, deine Memoiren müssen so heißen. Hat dich das sehr enttäuscht?

Nein. Nach diesem Vorsprechen hab ich schon gemerkt: Das ist es wahrscheinlich nicht. Ich hab natürlich auch mit den anderen, die nicht genommen wurden, mitgeweint, aus Mitläufertum. Aber ich hab schon gemerkt, es ist mir jetzt ein bisschen egal. Vor allem, weil sie mir schon gesagt haben, wenn ich mit dem Mephisto vorgesprochen hab: „Kindchen, das macht man nicht, bitte spiel die Julia wie jedes Mädchen, das herkommt." Da hab ich auch gemerkt, das wird mir zuwider werden, was ich da dann alles interpretieren müsste. Und dann hat es sich mit den eigenen Texten ergeben und ich hab die Slam-Bühne entdeckt, wo ich gemerkt hab: Da kann ich selbst schreiben und mich auf die Bühne bringen.

Poetry Slam gab es zu meiner Zeit einfach nicht, ich beneide euch da eigentlich sehr. Du musstest damals entweder an die Schauspielschule gehen oder ein zweistündiges Kabarettprogramm schreiben und halt im Niedermair anrufen und sagen: „Grüß Gott, kann ich mal einen Abend machen." Worauf die dann gesagt haben: „Ähm, nein. Warum? Wer sind Sie? Es kennt Sie keiner." So hat der Josef Hader das erzählt. Glaubst du, dass aus der Poetry-Slam-Szene mehr Bühnenmenschen oder mehr Schriftsteller kommen werden? Oder sind es überhaupt nur Selbstdarsteller, aus denen gar nichts wird?

Es ist tatsächlich bislang sehr ausgeglichen. Es gibt die, die schreiben, und die, die ins Kabarett gehen, in die Comedy. Aber es benutzt tatsächlich jeder quasi als Sprungbrett. Also es tut einem irgendwie leid, weil der Poetry Slam dadurch an einem konstanten Aderlass leidet.

Du hast ganz am Anfang des Gesprächs die Beurteilung durch das Publikum erwähnt, die Vermischung von persönlichem Geschmack und der Frage „Was ist Kunst?". Wie kann man das überhaupt trennen? Gibt's für dich eine eindeutige Definition, um bei einem Gemälde, einem Theaterstück zu entscheiden: Das ist Kunst und das jetzt nicht? Wie unterscheidest du?

Nein, das ist schwierig. Kunst definiert sich leider ohnehin über den Künstler, der behauptet, das wäre Kunst. Also vor allem bei moderner Kunst ... Bei kleinen Kindern wurde getestet, dass sie schon ein Gespür für Tonalität und Atonalität haben, also irgendwo gibt's was in uns ... wo ein Geschmack da ist. Natürlich ist es auch kulturell verpestet, andere Kulturen haben eine andere Tonleiter und so weiter. Aber für einen Kulturkreis glaube ich, dass man da irgendwo eine Schnittmenge erfahren kann.

Also bei mir ist es so, dass ich einen unglaublichen Hass auf moderne Kunst habe ...

Wie jeder gute Mensch. *(lacht)* Ich glaube, das ist eine Frage der Moral. *(lacht)*

Das ist eine Frage der Moral, finde ich auch. Denn wenn einer irgendwo einfach nur ein Plastiksackerl hinstellt und sagt, das ist Kunst, bin ich angfressen. Aber warum? Ich hab mir dann gedacht, vielleicht ist es nicht, weil ich ihn als Künstler nicht akzeptieren kann, sondern weil ich eifersüchtig bin. Weil ich so unfassbar viel Arbeit leisten muss, damit das, was „meine Kunst“ ist, funktioniert. Und der Oarsch muss nur irgendwas irgendwo aufepicken und wenn er das Glück hat, dass eine Galerie das cool findet, verkauft er's um 300 000 Euro. Bei mir ist es der Neid, es ist einfach der Neid.

Ja, wahrscheinlich auch irgendwo, aber ... Na, ich muss sagen, ich glaube, es ist schon auch Verachtung. *(lacht)* Also ich bin ein großer Freund des Ästhetizismus. Kunst sollte schon Realität abbilden, auch in ihren furchtbaren Dingen, aber doch formal schön sein. Ich glaube, deswegen bin ich auch ein Freund des Reimes, denn er verzeiht inhaltlich alle Abgründe der Welt.

Aber formal ist es schön.

Ja, darum geht's und das macht für mich Kunst doch irgendwie aus: Dass sie formal schöner als die Realität ist. Den Effekt sollte es auch auf den Menschen haben, dass er irgendwie nach dem Schönen strebt. Ich glaube trotzdem bis zu einem gewissen Grad an das griechische Ideal: Was schön ist, ist auch irgendwo gut. Also man denkt sich das so, das entspricht aber auch nicht immer der Realität.

Ja, ich glaube, dass es einfach diese Sackgasse anzeigt, in der wir uns jetzt befinden: Es gibt keinen Katalog mit einfachen Parametern. Es gibt immer nur Ausreißer in die eine oder in die andere Richtung. Einer davon ist das Handwerk, wie man einen Gedanken in eine Form bringt. Das merkt man auch an deinen Texten. Du schreibst eben nicht einfach hin, was dir halt grad einfällt, sondern es hat eine ästhetische Form. Das ist für mich immer schon ein Anzeichen, dass es eher in Richtung „das ist Kunst“ geht, als wenn etwas zufällig passiert. Es gibt den berühmten Gedanken: Wenn unendlich viele Affen unendlich lange Zeit haben, werden sie irgendwann Shakespeares sämtliche Werke tippen. Ist dann das Kollektiv von unendlich vielen Affen genauso intelligent und begabt wie William Shakespeare? Das ist fast eine quantenphysikalische Frage.

Ich verbinde Kunst schon mit einem gewissen Bewusstsein. Es haben sich manche den Spaß erlaubt und einen Marder mit Farbe an den Pfoten über Leinwände laufenlassen – und das dann um Milliarden verkauft. Das ist einfach keine Kunst. Also natürlich gibt es sehr viele Künstler, besonders in der bildenden Kunst, die einen geringen Grad an Bewusstsein besaßen, wenn sie gemalt haben. Aber trotzdem, es braucht diese arrogante Haltung, dass jemand sagt: Ich mach jetzt Kunst.

Hast du jemals daran gezweifelt, ob du Künstlerin bist, oder nicht?

Nein. Lange bevor ich irgendwas gemacht habe, was wie Kunst ausgeschaut hat.

Warst du überzeugt davon, dass es Kunst ist.

Ja! Also immer überzeugt davon, dass ich ein Publikum verdiene. Aber zwanzig Jahre lang hab ich nichts gemacht, was in Richtung Kunst gegangen wär. Ich hab mich nur still und heimlich geärgert, wo die Leute wären. Bis mir bewusst wurde, na, du musst erst was machen, von ganz allein werden sie nicht kommen.

(lacht) Du bist also im Grunde deines Herzens Kabarettistin. Denn ein Kabarettist fragt sich, warum bin ich nicht ausverkauft, noch lang bevor er ein Programm geschrieben hat. Da gibt's einen Titel und einen Kartenverkauf, und dann erst ein Programm.

Ja, ja das war wahrscheinlich so.

Zum Abschluss: Wir haben deine Texte jetzt hier abgedruckt, es ist das erste Mal, dass sie in Buchform erscheinen. Wir sind ein Theaterverlag, es besteht also die Gefahr, dass jemand dieses Büchlein nimmt und deine Texte nachspielen möchte. Was würdest du dieser Frau, diesem Mann als Autorin empfehlen?

Was würde ich denen empfehlen ... Also die sind schon fernab von Gut und Böse, was ihre Vernunft betrifft. Ich weiß nicht, ob ich da noch mit rationalen Ratschlägen kommen kann. Aber sie sollen sich hüten, denn wenn ich's zu Gesicht bekomme und es ist nicht genauso, wie ich's mir in meinen kühnsten Träumen erwarte, dann haben sie ein grobes Problem mit mir.

Also müssen wir dich von Premierenfeiern fernhalten. Es wird nie so, wie es sich der Autor vorstellt, nie. Das gibt es nicht.

Natürlich nicht.

Aber werden deine Texte so, wie du sie dir im Kopf vorstellst? Und spielst du sie dann genauso auf der Bühne, wie sie in der ersten Grundidee in deinem Kopf waren?

Die Grundidee gibt's in dem Sinne ja gar nicht, sondern das entwickelt sich so irgendwie. Das macht's für die ja noch schwieriger, stimmt ... Ich habe keine Vorstellung – und nun werdet ihr gerecht.

Das heißt, du kannst nur ...

Man kann nur verlieren.

... enttäuscht werden, ja. Oder umgekehrt ...

... nur positiv überrascht.

Beides ist möglich.

Ja, aber dadurch, dass ich keine Vorstellung von der Vorstellung hab, können sie mich dann wahrscheinlich tatsächlich positiv überraschen. Also ich wär gespannt. Ich würd's gerne sehen, aber werd dann wahrscheinlich eingreifen müssen. Das heißt, sie müssen dann damit rechnen, dass die Eckhart interaktiv auf die Bühne kommen wird.

Michael Niavarani und Lisa Eckhart
im Gespräch, am 20. Februar 2017

BISHER BEI
SCHULTZ & SCHIRM
ERSCHIENEN

ISBN 978-3-9503907-0-4

Was würden Sie lieber verlieren? Ihr Gedächtnis oder Ihre Frau? Ihren besten Freund oder Ihre Geliebte? Ihr ganzes Vermögen oder Ihre Arbeit? Ihre Vergangenheit oder Ihre Zukunft? Sie wachen nach einem Autounfall auf und haben Ihr Gedächtnis verloren. Alles ist weg. Die Kindheit, die erste Liebe, die Hochzeit, die Hobbys, der beste Freund und ein Koffer voller Geld.

Lost Memory: Die Festplatte ist leer und kann neu formatiert werden. Die Frage ist nur, von wem? Von Ihrer Frau? Von Ihrer Geliebten? Von Ihrem besten Freund? Und Sie können sich wirklich an gar nichts mehr erinnern? Gar nichts??

ISBN 978-3-9503907-1-1

Richard, Earl of Gloucester, will König werden. Und wie bis heute üblich, wird der Kampf um die Macht auf dem Buckel der einfachen Leute ausgetragen. William Forrest und Frederick Dighton, ein Schuster und ein Koch, sollen dem skrupellosen, machtgierigen Richard zum Erfolg verhelfen.

Kaum von Richard angeheuert, stehen die zwei mittellosen Lebemänner auch schon im Tower von London – und für Forrest und Dighton beginnt ein Abenteuer, von dem sie niemals zu träumen gewagt hätten.

ISBN 978-3-9503907-2-8

Was würden Sie machen, wenn Sie am Ende eines langen Skitages auf einem Sessellift vergessen werden? Würden Sie warten? Würden Sie springen? Wären Sie ein guter Alleinunterhalter? Oder würden Sie aus Verzweiflung mit einem Uhu über Ihr Leben sprechen?
In Stille am Sessellift baumelnd wird Georg Karner eines sofort klar: So muss sich die Hölle anfühlen. Es folgt eine abenteuerliche Nacht, in der ein Mensch von seiner bekannten Welt vergessen wird und sich nur ein wildfremder Uhu um ihn kümmert. Es folgt eine Nacht, die alles Mögliche ist, jedoch auf keinen Fall durchschnittlich.

ISBN 978-3-9503907-3-5

Im Zeitalter von Facebook, Twitter, Whatsapp & Co ist es höchste Zeit, die Geschichte des ersten Dates neu zu erzählen. Denn die große Liebe sucht man längst nicht mehr beim Ausgehen, im Freibad oder auf Betriebsweihnachtsfeiern sondern per Selfie mit einem Like über diverse Dating-Apps.
Eine Verwechslungskomödie für zwei Personen.

ISBN 978-3-9503907-4-2

In dieser gänzlich unbekannten Ehetragödie entpuppt sich die ganze Ehe als Irrtum. Sofort kommt es zu Lügen, Sex und Betrug, zu einem Fechtkampf zwischen zwei alten Neurotikern, einem finanziellen Ruin, einer jungen Liebe, einer verschmähten Liebe, einer verzweifelten Liebe, einer gestorbenen Liebe, einer erotischen Liebe und einer Liebe zu Kokosnüssen, denn wie sagt William Shakespeare selbst: „Weise sein und lieben, vermag kein Mensch!"

Romeo und Julia sind nur deswegen das größte Liebespaar der Weltliteratur, weil sie nie miteinander leben mussten, sondern rechtzeitig gestorben sind.

Gedruckt auf ökologischem Papier, Munken Lynx und Munken White,
nach der Richtlinie des Österreichischen Umweltzeichens.